누벨
바그

.

누벨바그3

소설 뉴욕

1판 1쇄 찍은 날 | 2019년 9월 18일
1판 1쇄 펴낸 날 | 2019년 9월 25일

지은이	박생강 프란시스 차 SOOJA 파트리샤 박 강민선 홍예진
펴낸이	김병수
책임편집	정소연
디자인	정계수
펴낸곳	아르띠잔
출판등록	2013년 7월 15일 제396-2013-000120호
주소	경기도 고양시 일산동구 무궁화로 255 와이하우스 106동 205호
전화	031-912-8384
팩스	031-913-8384
facebook	www.facebook.com/ArtizanBooks
E-mail	ArtizanBooks@daum.net

ISBN 979-11-963738-5-6/ 03810

이 도서의 국립중앙도서관 출판시도서목록(CIP)은 서지정보유통지원시스템
홈페이지(http://seoji.nl.go.kr)와 국가자료공동목록시스템(http://www.nl.go.kr/kolisnet)에서
이용하실 수 있습니다. (CIP제어번호: CIP 2018041990)

누벨
바그
3

박생강
프란시스 차
SOOJA
파트리샤 박
강민선
홍예진

소설
뉴욕

아르띠잔

《소설 뉴욕》행
열차를
출발하며

—《소설 뉴욕》기획의 말을 대신해

　　뉴욕에 처음 와본 것은 1990년대 초반이었다. 뉴욕이 오
랜 침체기를 지나 새로운 활황을 맞기 직전이어서 그 시점에
내가 본 뉴욕은 지금의 뉴욕과는 사뭇 다른 모습이었던 걸로
기억한다. 예나 지금이나 뉴욕은 시장성이라는 미국적 에너
지원을 동력 삼아 유독 활기를 띠고 돌아가는 도시이긴 하다.
그래도 당시의 뉴욕 공기에는 지구촌 곳곳의 유행 속도가 평
행선상에 놓인 지금과는 차이가 있는, 이른바 거대한 쇼핑몰
이 되어버린 현재의 뉴욕과는 다른 색깔이 분명히 있었다. 어
쩌면 그 색깔이란 것도 뉴욕이라는 도시를 처음 접한 어린 학
생의 시각에 낭만을 덧칠해버린 한 장면에서 비롯된 것인지

도 모르겠지만.

그 장면이란, 실용적이면서도 멋스러운 차림새로 활보하는 뉴요커들과 오래되고 또 새로운 것들이 하모니를 이루고 있는 도시의 흐름 한가운데에서 한 남자가 자전거를 타고 지나가는 모습이었다. 남자는 일터로 가고 있다는 것을 짐작케 하는 옷차림에 단출한 배낭을 메고 있었는데, 빌딩 숲 한복판의 대로를 유유히 달리는 자전거를 눈으로 쫓는 동안 낯설고 신선한 감정이 나를 강타했다. 마치 그 남자의 자전거를 구심점으로 뉴욕이라는 도시의 정체성이 공전하고 있는 것 같다고 할까. 꿈, 가능성, 자유와 같은 낱말에서 묻어나는 벅찬 기운이 궤도를 돌면서 내 귓전에 대고 종을 울리고 있는 듯했다.

사실 내가 본 것은 그저 사소한 도시 풍경 중 하나이긴 했다. 그러나 그때 내가 알고 있는 세상의 전부는 1990년대 초반의 서울이었고, 그런 내게 그 풍경은 몹시 이국적인 그림으로 다가왔다. 내 마음속에 뉴욕에 대한 동경의 씨앗을 박아 넣었을 정도로 강렬했고, 바로 이런 곳에서 꿈을 펼치고 살아봐야 제대로 사는 것 아닐까 하는 드라마틱한 동요를 일으킬 정도로 유혹적이었다. 때문에 그 자전거 타는 남자는 '뉴욕 첫인상'이라는 제목을 달고 내 기억의 방 안에서 박제가 되어버렸다.

돌아보면 삶이라는 게 흥미롭기는 하다. 그로부터 20년도 더 되는 시간이 흐르는 동안, 나는 뉴욕을 여러 번 드나들었고, 뉴욕에 거주하기도 했고, 지금은 뉴욕을 당일치기로 다녀올 수 있는 거리에 살고 있으니까. 과거의 내 인생 계획으로 보면 내가 뉴욕에 와서 살 확률은 없었다. 나는 이민을 떠날 계획도, 뉴욕은커녕 미국 유학을 꿈꿔본 적도 없었으니까.

현재 내가 사는 곳이 뉴욕에서 지리적으로 가깝기는 하지만, 내가 성공한 뉴요커가 될 가능성은 요원해진 지 오래다. 그 도시의 주인공이 되고 싶다는 바람은 그저 희미한 옛 기억이 되었을 따름이다. 다만 뉴욕에서 다양한 사람들을 만나고 겪으며 확실히 알게 된 것 하나는 있다. 과거에도, 현재에도, 앞으로도 뉴욕을 향해 불나방처럼 모여드는 사람들은 끊임없이 존재할 거라는 사실. 그만큼 뉴욕에는 뭔가를 이루고 싶은 마음을 품게 만드는 에너지가 흐르고 있다.

성공의 향기 이면에는 실패의 악취가 공생하게 마련이다. 그러한 법칙이 뉴욕만 비껴갈 리 없다. 화려할수록 그늘도 짙은 도시의 비애를 도처에서 목도하면서도 '불나방'들은 뉴욕을 향한 애증을 버리지 못한 채 언저리에서 애면글면한다. 오래전의 나처럼 뉴욕의 냄새에 홀려서. 그것은 문화, 예술, 상업 그리고 성공의 냄새인 동시에 결국에는 자본이 주도하는 힘의 냄새다.

어쨌거나 뉴욕에 드리워진 낭만은 좀처럼 걷히지 않는

다. 뉴욕에 실제로 와보지 않았다 해도 많은 사람이 뉴욕이라는 말과 함께 즉시 떠올릴 수 있는 이미지를 가지고 있다. 마천루, 센트럴 파크, 옐로캡, 멋스러운 뉴요커, 운치 있는 골목…… 뉴욕을 배경으로 한 영화나 드라마의 숫자는 차치하고라도 출판인과 작가의 터전이기도 한 이 도시를 무대로 벌어지는 서사의 소설은 또 얼마나 많은지. 아무리 퍼 올려도 마르지 않는 우물처럼 끝없이 이야기가 솟아나는 곳이기 때문일 것이다.

여기 "소설 뉴욕"이라는 여섯 칸의 기차에 탄 또 다른 뉴욕의 얼굴들이 여섯 가지 이야기를 한다. 이들은 뉴욕의 표정을 짓고 있는 무수한 얼굴 중 일부에 불과하지만 동시에 뉴욕 그 자체일 수도 있다. 여행자, 유학생, 이민 가족으로 구분되는 이방인과 굶주리는 '무대바라기', 가난한 예술학도, 재력가의 아름다운 아내 같은 작중 인물 들은 실상 뉴욕에서 만날 수 있는 대부분의 사람들이기도 하니까.

혹자는 의문을 품을 것이다. 뉴욕의 진짜 주인, 그러니까 사람들이 흔히 떠올리는 뉴요커들은 어디 있냐고. 글쎄, 그런 게 있기는 할까. 미국이면서도 가장 미국적이지 않은 뉴욕을 부유하는 얼굴들에는 대표성이란 게 없으니. 뉴욕을 '멜팅팟'이라고 칭하는 이유가 거기에 있다. 다양한 사람들이 제각각의 정체성이라는 그림자를 달고 뒤엉켜 사는 '잡탕찌개'가 바로 뉴욕이므로.

그러니 《소설 뉴욕》의 그림자들이 들려주는 이야기에도 누군가에게 결정적 한 것으로 남을 뉴욕이 숨 쉬고 있을지도 모른다. 오래전, 지금보다는 느슨했던 뉴욕을 가로질러 간 그 자전거처럼.

2019년 여름 코네티컷에서

홍예진

차례

맨해튼 럭키스타

박생강

1978년 여름밤 밤색머리는 긴 코트를 입고 뉴욕 라과디아 공항을 빠져나왔다. 그녀는 택시를 잡아탄 뒤 택시기사에게 무조건 뉴욕의 심장으로 가달라고 부탁했다. 그 때문에 고향에서 지니고 온 현금의 절반이 사라졌다. 택시기사가 그녀를 내려준 곳은 맨해튼 타임스스퀘어 광장이었다. 화려한 뉴욕의 심장 뒷골목에는 노골적인 팝쇼를 보여주는 클럽의 간판이 즐비했다. 더 깊은 어둠 속에서는 불법 체류자와 범죄자들이 가짜 신분증을 구하기 위해 돌아다녔다.

밤색머리는 뉴욕에서 보낸 첫날을 잊지 못했다. 하지만 그때는 여름이 가기 전에 맨해튼 이스트빌리지에서 굶주리며 살 거라는 사실은 짐작조차 하지 못했다. 그녀는 발레슈

즈를 신고 무대 뒤편에 있는 게 아니었다. 월세가 싼 이스트 빌리지는 세계의 쓰레기통에서 기어 나온 사람들이 몰려드는 곳이었다.

"나는 지금 행운의 춤을 출 거야."

밤색머리는 구멍이 숭숭 뚫리고 소매가 뜯긴 셔츠에 바지 밑단이 너덜너덜한 청바지 차림이었다. 그녀는 쓰레기통 앞에서 나직하게 속삭이듯 말했다.

밤색머리는 성공을 위해 미국 북부에서 다니던 대학을 중퇴하고 뉴욕에 왔다. 어두운 갈색빛 머리카락을 지닌 밤색머리가 특별한 선택을 한 것은 아니었다. 매년 성공을 위해 뉴욕으로 날아오는 예술가들은 봉지 속 팝콘들만큼이나 그 숫자가 많았다. 그녀 역시 많은 예술가 지망생 중 하나였고, 반짝반짝 빛나는 쓰레기였다.

그 쓰레기들의 대다수는 빛을 잃고 낙담해 고향으로 돌아갔다. 그러면서 뉴욕에 대해 찬미하거나, 뉴욕은 거대한 쥐새끼 같은 곳이라고 욕했다. 일부는 고향에 돌아가는 대신 뉴욕에 남기도 했다. 그들 중 상당수가 공원을 떠도는 홈리스나 피골이 상접한 마약 중독자로 늙어갔다. 이스트빌리지의 톰킨스스퀘어 공원은 그들에게는 마지막 천국 같은 곳이었다. 꿈을 포기한 사람들이 마지막 절망의 맛을 탐닉하며 울고 웃었다.

맨해튼 럭키스타

밤색머리는 그 공원을 지날 때마다 발끝에 더 힘을 주었다. 장딴지와 허벅지에 단단하게 힘이 들어갔다. 밤색머리는 그들을 외면했다. 그녀는 늘 성공의 세단에 발을 딛는 순간을 꿈꿨다. 영화배우와 댄서 오디션을 볼 때도 마지막에는 늘 이렇게 덧붙였다.

"그거 알아요? 당신들 지금 대단한 사람을 미리 보고 있는 거라고요."

물론 1978년 맨해튼 이스트빌리지의 밤색머리는 쓰레기통을 뒤져 저녁거리를 찾는 신세였다.

톰킨스스퀘어 공원을 지나 10분여를 걸어가면 이탈리아 식당이 하나 있었다. 낡은 아파트 두 채 사이에 끼어 있는 자그마한 식당이었다. 왼쪽 아파트의 벽면 절반은 새카맣게 불에 그슬린 모습이었다. 그 식당 뒷문 쪽에 그곳에 딱 들어맞는 쓰레기통이 있었다. 웨이트리스들이 뒷문을 열고 종종 손님들이 먹다 남긴 것들을 쓰레기통에 버리고 들어갔다. 그녀는 배가 고플 때면 그 쓰레기통을 뒤져 먹을거리를 찾아냈다.

가끔은 쓰레기통에 그녀가 좋아하는 사과가 들어 있기도 했다. 그녀는 사과를 좋아했다. 유혹에 달뜬 남자의 아담스 애플이 사랑스럽듯. 가끔 운이 좋으면 세상에서 가장 따뜻한 감자튀김을 먹을 수도 있었다. 하지만 쓰레기통 안에 스테이크나 치킨이 들어 있으면 그녀는 손도 대지 않았다. 고등학생 시절 채식주의자가 되기로 결심한 이후 뉴욕에 와서도 그 결심을 바꾸지 않았다.

밤색머리는 기도하는 마음으로 쓰레기통 안에 손을 집어넣었다. 반만 남은 사과라도 있기를 바라면서. 하지만 쓰레기통 안에는 먹을 것이라곤 아무것도 없었다. 그 안에는 온통 절망이라는 이름의 쓰레기만 가득한 것 같았다.

밤색머리는 바닥에 주저앉았다. 허기 탓에 허리가 그대로 푹 꺾였다. 그녀는 바닥의 검정 얼룩들을 바라보았다. 납작한 자갈처럼 보이는 것들은 실은 수많은 사람들이 바닥에 내뱉은 껌이었다. 그녀는 손톱으로 천천히 그 껌을 긁었다.

어린 시절 밤색머리는 그렇게 혼자 우두커니 바닥을 바라보곤 했다. 천사 같던 엄마가 암으로 죽어갈 때였다. 엄마 생각을 하면 밤색머리는 아침에 눈뜰 때마다 울먹이던 꼬마로 돌아가는 것만 같았다. 신은 이웃사람 누구에게나 상냥했던 엄마를 너무 빨리 데려갔다. 그때 그녀는 결심했다. 이 세상 모두의 미움을 받는다고 해도 상관없었다. 살아남는다면 그리고 자신의 존재를 세상에 알릴 수만 있다면 무슨 일이든 하겠다고……. 하지만 현실의 굶주림은 거대한 대도시에 사는 그녀를 하찮고 초라하게 만들었다.

그때 어떤 냄새에 이끌려 밤색머리는 고개를 들었다. 밤색머리는 자기도 모르게 식은 감자튀김을 한 주먹이나 입에 집어넣은 뒤에야 눈앞에 있는 한 여성을 알아보았다. 건장한 체격의 이탈리아인 이민자 아주머니가 아니었다. 부스스한 검은색 머리카락을 질끈 묶은 웨이트리스는 그녀보다 더 깡마르고 체격이 작은 동양인이었다. 알이 두꺼운 안경을 쓴 검정머리가 밤색머리를 물끄러미 바라보고 있었다.

밤색머리는 눈앞의 검정머리를 중국인이라고 생각했다. 이스트빌리지에서 차이나타운은 그렇게 멀지 않았다. 그 때문에 지하철역이나 거리에서 종종 중국인 여성들을 본 적이 있었다. 하지만 밤색머리는 그녀들에게 아무 관심이 없었다. 중국어 특유의 성조 섞인 영어가 특이하다고 생각한 적은 있지만.

'그냥 일어나야 하나. 아니면 고마워요, 중국인, 이라고 해야 하나.'

하지만 그 생각을 하는데 갑자기 목이 메어 말이 나오지 않았다. 그 모습을 보고 동양인 웨이트리스는 잠깐잠깐, 이라고 손짓으로 전한 다음 뒷문으로 들어갔다. 잠시 후 동양인 웨이트리스는 물 한 잔을 들고 나타났다.

밤색머리가 기름 묻은 손으로 컵을 움켜쥐고 물을 마시는데 동양인 웨이트리스가 말을 붙였다.

"괜찮니? 너 참 불쌍타."

그 말을 들은 밤색머리의 표정이 싸늘해졌다. 그녀는 물컵을 바닥에 둔 채 자리에서 일어났다. 뉴욕에서는 함부로 불쌍하다는 말을 해서는 안 되었다. 밤색머리가 일찌감치 배운 뉴욕의 규칙을 검정머리는 알지 못하는 눈치였다.

'그러니 물컵은 당신이 치우고, 엿이나 먹어.'

밤색머리는 그 말을 하려다 말았다.

맨해튼 어디서든 사람들은 빠르게 걸어다녔다. 하지만 그들은 서로의 얼굴을 잘 보지 않았다. 어딘가로 재빠르게 걷기만 하는 듯했다. 불행이 쫓아와 그들의 옷소매를 붙잡기 전에. 지하철 안에서도 마찬가지였다. 피부색이 각기 다른 사람들이 저마다 시선이 닿지 않는 어딘가를 용케 바라보았다. 그들은 다들 대도시에서 남에게 자신의 진짜 얼굴을 들키지 않으려 애썼다. 진짜 얼굴을 들키면 그 순간 눈시울이 흠뻑 젖을지 모르니까.

이방인들이 누군가에게 안겨 엉엉 울고 싶은 마음을 앙다운 입안에 사탕처럼 물고 사는 곳, 그곳이 관광객들은 알지 못하는 뉴욕 맨해튼이었다. 밤색머리 역시 수많은 이방인과 다르지 않았다. 아무에게도 그녀의 비통한 마음을 들키고 싶지 않았다. 그러다 한번은 링컨센터 분수대 앞에 앉아 펑펑 울어버렸다. 아무도 그녀를 달래주지 않았다. 날개 달린 쥐새끼 같은 통통한 비둘기 몇 마리만 뒤뚱뒤뚱 걷다가 흐린 하늘로 날아올랐다. 하지만 밤색머리는 고향으로 돌아갈 생각은 추호도 없었다.

경제적 지원을 끊은 이후 그녀의 아버지는 딱 한 번 뉴욕에 찾아왔다. 밤색머리가 이스트빌리지의 낡은 아파트에 정착하기 전, 잠시 웨스트사이드의 모텔에 묵고 있을 때였다. 그때 그는 허름한 모텔에서 지내는 딸을 보고 화를 냈다.

"세상에 이게 뉴욕이냐? 내가 참전했던 한국전쟁 난민수용소하고 뭐가 다른지 모르겠구나. 최소한 거기는 전염병으로 죽어가는 사람은 있었어도, 출입구 앞에 자빠져 있는 마약 중독자는 없었다."

밤색머리의 아버지는 이탈리아인 이민자의 후손으로 강철 같은 성격이었다. 그녀는 아버지의 그런 면을 견디지 못했다. 그녀 역시 강철 같은 성격이었지만 그런 자신의 힘과 의지를 평범한 인생에 머무는 데 쓰면서 살고 싶지는 않았다. 더구나 아버지가 그녀에게 바라는 건 결국 파스타를 삶는 전통적인 주부의 모습이었다.

밤색머리는 고등학생 시절 발레강습소에 나가면서 아버지가 바라는 그런 삶을 거부하기로 마음먹었다. 무대에서 춤추는 것, 그것만이 그녀가 살아갈 이유 같았다. 하지만 1978년 밤색머리는 마릴린 먼로의 단골 백화점인 삭스 피프스 애비뉴의 손님이 아니었다. 밤색머리에게 무대를 내어준 곳은 수많은 이방인이 드나드는 이스트빌리지가 전부였다. 그곳은 전 세계의 반짝반짝 빛나는 쓰레기들이 모이는 맨해튼의 하수구 같은 곳이었다. 불타버린 건물이나 허물어져가는 싸구려 아파트에서 그들은 살아갔다. 하지만 그 지저분한 곳에서 악취만 풍기는 것은 아니었다. 1970년대 초반 히피들이 반전 운동을 펼쳤다. 1970년대 중반 GBGB클럽에서는 뉴욕 펑크가 탄생했다.

밤색머리는 매직을 주머니에 넣고 다니며 이스트빌리지의 담벼락에 낙서했다. 화가 날 때는 Fuck으로 시작하는 욕설을 적었다. 스스로가 초라하게 느껴지는 날에는 행운의 별을 그린 다음 별의 가운데에 자신의 이름을 적어 넣었다.

맨해튼의 담벼락을 해방구로 삼은 것은 밤색머리만이 아니었다. 뉴욕의 밑바닥에서 살아가는 가난한 예술가들은 그들의 목소리를 맨해튼 곳곳에 남겼다. 화려한 낙서, 포효하는 듯한 서명, 익살스러운 악마 같은 그림 들이 저마다의 목소리로 떠들어댔다. 브롱크스 차고지에 숨어든 그들은 지하철을 온통 화려한 낙서로 가득 채웠다. 그 때문에 새벽에 떠나는 첫 열차는 화려한 그래피티로 뒤덮였다. 뿐만 아니라 지하철 안에도 낙서가 가득했다. 그 낙서들 중에는 훗날 유명해질 키스 해링, 푸투라, 장 미셸 바스키아의 것도 있었다.

밤색머리는 언젠가 그들을 차례대로 만날 터였다. 하지만

1978년은 그때가 아니었다. 그녀는 펄 랭의 '댄스컴퍼니'에서 모던댄스 강습을 받는 중이었다. 그녀는 최고의 기량을 갖춘 돋보이는 댄서는 아니었다. 물론 가장 눈에 띄는 깡마른 댄서이기는 했다. 그녀는 항상 굶주림을 파트너 삼아 춤추는 댄서였으니까.

"고기!"

밤색머리가 쓰레기통에서 뜯지 않은 요구르트를 찾아내 기뻐하고 있을 때였다. 심지어 유통기한까지 하루가 남아 있었다. 그 순간 식당 뒷문을 열고 나타난 검정머리가 접시에 담긴 스테이크 몇 조각을 내밀었다. 고깃덩이는 아직 따뜻해 보였다. 하지만 밤색머리는 미간을 찌푸릴 뿐 그 접시를 향해 손을 뻗지 않았다.

"고기!"

검정머리가 답답한 듯 다시 한번 짧게 말했다.

그때 밤색머리의 안에서 무언가가 터져버렸다. 그건 무표정하게 고기 접시를 내미는 동양인 웨이트리스 때문은 아니었다. 계속해서 나는 채식주의자고 중국인은 미국에서 꺼지고 어쩌고 요란하게 떠들었지만, 웨이트리스에게 화가 난 건 아니었다. 그녀는 Fuck을 남발하는 문장을 여러 번 지껄이다 어느 순간 부끄러웠다. 아니, 부끄러움까지 느끼지는 않았다.

그저 엉뚱한 타인에게 총구를 들이댄 기분이 들었다. 어쩌면 밤색머리는 늘 '모던'이라는 세계에 그녀를 가둬두려는 댄스 컴퍼니의 우아한 틀에 화가 났는지도 몰랐다. 어쩌면 밤색머리는 그녀를 한 번도 거들떠보지 않는 대도시 뉴욕에 화가 나 있는지도 몰랐다.

두 사람 사이에 침묵이 이어졌다. 그 침묵을 먼저 깬 사람은 밤색머리가 아닌 검정머리였다. 검정머리는 접시에 담긴 남은 고깃덩이를 쓰레기통에 버렸다. 그러고서 접시를 든 채 밤색머리를 바라보았다.

"좋아, 너 채식주의자."

검정머리는 허리에 손을 얹고 미간을 찌푸렸다.

"하지만 그게 내가 욕을 먹을 이유는 아니지. 난 그저 따끈한 음식을 불쌍한, 이 말은 취소, 배고픈 사람에게 먹이고 싶었을 뿐."

그때 밤색머리는 그 말을 무시하고 일어날 수도 있었다. 아마도 평소의 그녀 같았으면 그랬을 것이다. 설교나 변명은 딱 질색이었다.

하지만 그녀는 쓰레기통에 기댄 채 요구르트만 만지작거렸다. 검정머리는 잠시 후에, 자신은 중국인이 아니라 한국인이라고 알려주었다. 물론 밤색머리는 상대가 중국인이 아니라는 것쯤은 이미 알아차렸다. 웨이트리스는 중국식 억양이

들어간 말투가 아니었다. 타자기로 타이핑한 단어들을 읊조리듯 딱딱하게 말했다. 밤색머리가 한 번도 들어보지 못한 억양이었다. 문장 역시 말이 아니라 손으로 쓴 펜글씨처럼 느껴졌다. 주어, 동사, 형용사, 관사가 빽빽하게 제자리에 다 들어가 있었다.

"와우, 코리아안?"

밤색머리는 괜스레 잔뜩 꾸며낸 높은 톤으로 되물었다.

한국전쟁에 참전했던 아버지는 툭하면 코리아의 전쟁통 운운했다. 밤색머리는 코리아, 라는 말만 들어도 수북이 쌓인 지저분한 접시들을 보는 듯 숨이 막혔다. 하지만 이렇게 맨해튼 한복판에서 실제로 한국인을 보게 될 줄은 미처 몰랐다.

더구나 검정머리 한국인 웨이트리스는 그녀가 알던 누군가와 기묘하게 닮았다. 설교라면 질색하는 그녀를 무표정한 얼굴로 꾸짖었지만 미워할 수 없었던 사람들. 바로 그녀가 다니던 가톨릭학교의 수녀들이었다. 수녀들은 장난치는 그녀를 불러 세워놓고 조곤조곤 잔소리를 늘어놓았다. 한국인 웨이트리스의 말투나 표정은 수녀들과 쏙 빼닮아 있었다. 웃지도 않고 울지도 않을 것 같은 무표정한 흑백의 사람들. 밤색머리는 수녀학교의 그 수녀들이 밉지 않았다. 오히려 그 경건한 검정 수녀복 안에 무엇이 있을지 호기심이 일곤 했다.

"미세스 마, 미세스 마."

뒷문 안쪽에서 웨이트리스를 부르는 식당 주인의 목소리가 들려왔다. 웨이트리스는 서둘러 뒷문으로 들어갔다. 물론 그 전에 밤색머리에게 말했다.

"미안……."

검정머리가 재빠르게 몇 마디 말을 덧붙였지만 밤색머리의 귀에는 제대로 들리지 않았다.

검정머리가 사라진 후 밤색머리는 쓰레기통 옆 담벼락에 기대 천천히 요구르트를 마셨다. 그녀가 떠나기 전에 다시 식당의 뒷문이 열렸다. 이탈리아 식당의 동양인 웨이트리스 검정머리가 손에 쥐고 있는 것은 사과 반쪽이었다.

밤색머리와 검정머리는 평일 저녁 8시쯤 이탈리아 식당 뒷문 앞에서 만났다. 검정머리가 쓰레기를 버린 후 잠시 담배 한 대를 필 만한 여유가 있는 시간이었다.

검정머리가 "미안" 뒤에 짧게 덧붙인 말은 "피난민처럼 느껴져서"였다.

"넝마처럼 찢어진 티셔츠를 입고 돌아다니니 더욱 그렇게 보였지."

"잠깐만요, 그건 당신 패션 감각의 문제라고요. 내가 걸친 건 넝마가 아니에요. 이스트빌리지의 빈티지 옷가게에서 산 옷을 내가 리폼한 거라고요."

검정머리는 한국전쟁이 일어난 후 북쪽에서 남쪽으로 피난을 내려왔다고 했다. 그때 여동생을 잃었고, 그 때문에 집 없이 길거리에 있는 사람을 보면 마음이 아프다고 했다.

"이 도시에서는 서로를 동정하지 않아요. 동정 받고 싶어 하지도 않고. 물론 구걸하기 위해 동정을 연기할 수야 있겠죠. 그런데 난 당신한테 그럴 생각 없고요. 나는 그냥 쓰레기통 안에 있는 약간의 먹을거리에 대한 권리를 주장할 뿐이라고 요."

"나도 아무나 동정하지는 않아. 비틀대는 술주정꾼이나 마약 중독자들은 쳐다보기도 싫어. 인생을 포기한 사람에게 나눠줄 동정은 나에게 없어."

두 사람이 대화를 나누는 시간 역시 무척 짧았다. 쓰레기를 버린 뒤 겨우 5분 정도였다. 정신없이 바쁠 때는 검정머리가 쓰레기를 버리면서 사과나 감자튀김, 식은 파스타를 건네주고 손을 흔들며 뒷문으로 사라질 때도 있었다.

그렇지만 두 사람은 금방 서로의 이름을 알게 되었다.

"마돈나."

밤색머리는 자신의 이름을 빠르고 짧게 말했다.

"루이즈 베로니카 치코네."

뒤이어 중간이름과 성을 속삭이듯 말했다.

"뉴욕에서 내 이름을 성까지 정확히 알려준 사람은 당신이 처음이에요. 함께 잔 남자에게도 내 이름만 가르쳐줬죠. 마돈나, 뭐 그거면 충분하잖아요. 다들 성녀하고 하룻밤을 보냈다고 착각하고 으쓱할 테니까."

검정머리는 빤히 밤색머리를 바라보다 말했다.

"마수지."

"아, 그래서 미세스 마?"

"마 씨가 내 한국식 성이야. 수지는 뉴욕에서 새로 만든 이름. 진짜 이름은 이곳 사람들이 발음하기 힘들어하지. 수지는 어디서나 통하는 이름이고."

밤색머리는 미세스 마, 검정머리의 영어를 점점 더 쉽게 이해했다.

한국에서 고등학교 영어교사였다는 검정머리는 완벽한 영어 문장을 구사했다. 하지만 미세스 마의 말을 듣고 있으면 살아 있는 말이 아니라 한 단어, 한 단어를 종이 위에 타이핑하는 듯한 느낌이 들었다.

더구나 두꺼운 안경을 쓴 검정머리는 언제나 무표정했다. 화를 내는지, 웃고 있는지, 기분이 나쁜지 알아차리기가 힘들었다. 하지만 밤색머리는 어느덧 높낮이도 없고, 감정도 느껴지지 않는 그 말투에서 검정머리가 울리는 감정의 음정을 짚어낼 수 있었다. 가끔은 일부러 미세스 마에게 야한 농담을 건네기도 했다. 그나마 그럴 때나 검정머리의 표정이 달라지기 때문이었다.

"뉴욕이 좋은 점은, 마음만 먹으면 세계 각국에서 찾아온 싱싱한 남자를 유혹할 수 있다는 기죠."

물론 검정머리는 살짝 눈썹을 움직일 뿐 절대 놀란 표정을 짓지는 않았다.

다만 딱 한 번 검정머리의 얼굴이 잔뜩 일그러진 적이 있었다.

"나도 한때 웨이트리스로 일한 적이 있었어요. 하지만 하루 만에 잘렸죠. 집적대는 늙은이한테 손가락으로 욕을 날려서요. 푹 삶은 당근보다 더 물렁한 물건을 달고선 뭐하자는 건지. 지금은 뭐, 옷을 벗고 돈을 벌어요. 댄스컴퍼니 근처 미술 아카데미와 사진 아카데미 클래스에서 누드모델을 하죠. 한 시간에 7달러 정도는 벌 수 있어요. 하지만 아무리 다 쓰러져가는 아파트라도 집세를 내고 나면 남는 돈이 거의 없어요."

"세상에! 사람들 앞에서 옷을 벗는다고? 그건 부끄러운 거잖아."

"뭐가요? 우리는 공정해요. 내 몸은 깡말라서 미대생들이 스케치하기 좋죠. 예술사진을 찍을 때는 사진가가 포즈를 요구하기도 하지만 난 상대가 원하는 대로 포즈를 취하지 않아요. 가장 유혹적인 포즈를 아는 사람은 나니까."

밤색머리는 검정머리 앞에서 렘피카의 그림에 나오는 모델 같은 포즈를 취하기도 했다. 검정머리는 도발적인 포즈를 취하는 밤색머리를 뚱한 얼굴로 바라보았다.

물론 밤색머리는 모델 일을 마치고 홀로 이스트빌리지의 아파트로 돌아가 밤새 잠들지 못할 때도 있었다. 소름이 돋아 솜털이 일어서듯 어느새 그녀의 몸을 관찰하던 미대생들과 사진가들의 표정과 눈빛이 하나하나 다시 떠올랐다. 하지만 밤색머리는 뉴욕에서 처음으로 이유 없는 친절을 베풀어준 여자에게 그 감정에 대해 털어놓고 싶지 않았다. 검정머리와는 시시껄렁한 대화를 나누다 작별인사를 나누고 헤어지면 그걸로 충분했다. 그녀에게도 누군가와 수다를 떨고 손을 흔들며 집으로 돌아가는 평범한 뉴욕의 일상이 존재하는 기분이 들었으니까.

어쩌다 잠시 길게 짬이 나면 밤색머리와 검정머리는 담배를 나눠 피기도 했다. 검정머리는 호주머니에서 장미 한 송이가 그려진 폭이 좁고 긴 담뱃갑을 꺼냈다. 담뱃갑 안에 있는 담배의 모양은 가늘고 길었다.

"이건 한국의 속 썩는 할머니들이 태우는 담배야. 한국의 가족들에게 부탁해서 1년에 몇 보루 정도 보내달라고 하고 있지."

"미세스 마, 아직 할머니까지는 아니잖아요? 머리카락이 좀 푸석해 보이기는 하지만."

"영혼은 벌써 할머니야. 뉴욕에 와서 5년이나 뼈 빠지게 일하느라 내 젊음이 다 날아갔어."

밤색머리는 검정머리에게 장미 담배를 받아 피웠다. 담배가 아니라 꽃대를 입에 물고 불을 붙인 기분이었다.

"미친, 이거 담배 맞아요?"

밤색머리는 장미를 피우다 황당한 표정으로 검정머리를 바라보았다.

그날 이후 검정머리는 밤색머리를 위해 남편의 거북선 담배 두 개비 정도를 장미 담뱃갑 안에 넣어서 식당에 갔다.

"당신은 왜 뉴욕에 왔어요?"

10월의 마지막 날 밤색머리는 검정머리에게 물었다. 검정머리가 건네준 오늘의 메뉴는 땅콩버터를 바른 식빵이었다.

"성공을 위해서."

"그건 나와 똑같네요."

두 사람은 함께 짝, 손바닥을 마주쳤다.

식당 뒷문 앞에서 두 사람이 만난 지 제법 시간이 흘렀지만 수다스러워진 건 밤색머리뿐이었다. 검정머리는 말이 별로 없었고 밤색머리가 말이 빨라지면 잘 알아듣지 못하는 듯했다. 밤색머리는 검정머리가 긴 문장을 잘 이해하지 못하는 걸 알면서도 엉뚱한 말을 섞어가며 요란하게 떠들어댈 때도 있었다. 열 살짜리 소녀 같은 높은 톤과 마를린 디트리히 같은 낮은 톤을 제멋대로 섞었다. 가끔은 길거리의 부랑자처럼 욕설을 뒤섞으며 낄낄거렸다. 밤색머리는 한국인 웨이트리스를 첫 번째 관객 삼아 브로드웨이 뮤지컬에 나오는 1940년대의 뒷골목 인물들을 연기하는 듯했다. 그녀의 꿈은 댄서가 되는 것이 다가 아니었다. 언젠가는 춤을 추는 배우가 될 생각이었다.

"뉴욕에서 자리를 잡으면 나는 다시는 이 동네에 찾아오지 않을 거야."

검정머리가 다소 침울한 목소리로 읊조리듯 말했다.

"왜요?"

"나는 이 동네가 불편하거든."

검정머리는 그러면서 이스트빌리지 대로변에서 두 남자가 키스하는 것을 봤다고 했다. 검정머리는 일 때문에 이스트빌리지에 처음 왔지만 정말 살 곳이 못 된다고 말했다. 일이 끝나면 지옥에서 도망치듯 재빨리 이곳을 떠난다고 했다.

밤색머리는 땅콩버터를 바른 식빵을 먹다가 키스하던 남자들이 게이라고 말했다.

"그리고 소녀들을 쇼핑 지옥으로 인도하는 디자이너들 대부분이 게이죠."

그러면서 밤색머리는 어깨를 으쓱거렸다.

"사실 나를 디트로이트에서 이 지옥 같은 뉴욕으로 보낸 발레 선생님도 게이였어요. 게이들은 지옥이 얼마나 끔찍하고 아름다운지 잘 알아요. 봐요, 뉴욕은 세상에서 가장 아름다운 지옥이잖아요. 그리고 지옥에 어울리는 인간에 대해서도 잘 알죠. 평범한 죄인은 불타 죽지만, 특별한 죄인이라면 살아남을 자격이 있죠."

밤색머리는 엄지손가락에 묻은 땅콩버터를 빨아먹었다.

"아, 그런데 몰랐어요? 나도 특별한 죄인인데."

검정머리는 대답 없이 무표정한 얼굴로 밤색머리를 바라보기만 했다.

"미세스 마에게만 고백할게요. 사실 나는 몸은 여자인데, 영혼은 남자인 트렌스젠더로 태어났어요. 그런데 어느 순간 그냥 남자가 아닌 빌어먹을 게이라는 걸 깨달았죠. 영혼이 남자인데 여자가 아니라 남자를 사랑하더라니까. 그런데 거기에다 크로스 드레서라서 남자 옷이 아니라 여자 옷을 좋아하고, 화장하는 걸 즐겨요. 그래서 돌고 돌아 지금 당신 눈앞에 있는 거죠. 당신 눈에는 내가 평범한 여자애처럼 보이겠지만 난 평범한 여자가 아니에요. 이 아름다운 지옥에서 살아남을 자격이 있는 특별한 죄인이죠."

그때 식당 안쪽에서 미세스 마를 부르는 거친 목소리가

들려왔다. 검정머리는 밤색머리에게 작별인사를 한 다음 문을 닫고 식당 안으로 들어가려고 했다. 그때 밤색머리가 다시 검정머리를 불렀다.

"미세스 마, 나는 당신이 뉴욕에서 본 소름 끼치는 남자들과 다르지 않아요."

밤색머리는 애교 있는 목소리로 덧붙였다.

"그러니 날 미워하지 말라고요."

밤색머리는 어깨를 으쓱했다.

"어차피 내가 한 말 다 못 알아들었겠지만."

검정머리는 고개를 끄덕였다.

"못 알아들었어. 하지만 널 미워할 수 없어."

검정머리는 다시 식당 안으로 들어갔다.

홀로 남은 밤색머리는 열다섯 살짜리 소년 같은 댄스 스텝을 밟으면서 그 골목을 빠져나갔다. 그녀는 검정머리의 마지막 말을 떠올렸다.

'미워하지 않아, 라고 말하려는 것을 미워할 수 없어, 라고 잘못 말했을까? 아니면 정말 미워할 수 없어, 라고 말하고 싶었던 걸까?'

검정머리가 남편과 두 아이와 함께 미국으로 이민을 떠난 것은 1973년이었다. 한국에서 부부는 둘 다 고등학교 교사였

맨해튼 럭키스타

다. 검정머리는 영어 선생님이었다. 남편은 국어를 가르쳤고 대학에 다닐 때는 시를 쓰기도 했다. 남편이 이민 이야기를 꺼냈을 때 검정머리는 오래 고민하시 않았다.

남편의 형이 먼저 미국에서 자리를 잡은 덕에 부부의 이민 절차는 그리 어렵지 않았다. 당시 한국 정부는 이민법을 개정하면서 이민을 장려하는 분위기였다. 하지만 남편이 이민을 결정한 건 한국에서 느낀 소외감 때문이었다. 남편과 검정머리 모두 한국전쟁 당시 남한으로 내려온 북한 피란민이었다. 남편은 한국이 늘 북에서 내려온 자신에게 눈치를 주고 따돌린다고 생각했다. 더구나 베트남 전쟁이 공산군의 승리로 끝나자 불안해하기까지 했다. 남편은 남한이 공산화되면 피란민 출신인 자신의 집안은 풍비박산 날 것이 틀림없다고 믿었다. 그 전에 미국이라는 더 넓은 곳에서 새 삶을 시작하자는 게 남편의 의견이었다.

검정머리는 남편의 제안을 순순히 따랐다. 하지만 그녀가 미국으로 이민하기로 결정한 것은 북한 출신이라 피해를 볼지도 모른다는 불안 때문은 아니었다. 그녀에게 미국, 특히 자유의 여신상이 있는 뉴욕은 동경의 대상이었다. 그녀는 늘 자유로운 방랑객을 꿈꿨다. 하지만 당시 한국은 외국에 나가는 일이 쉽지 않았다. 한반도는 떠나고 싶다고 해서 마음대로 떠날 수 있는 나라가 아니었다. 이데올로기라는 장벽에 갇힌 섬

과도 같은 나라였다. 심지어 자정이 되면 사이렌이 울리고 통금이 시작되어 사람들이 길거리에 나갈 수도 없었다.

검정머리는 먼 나라의 언어인 영어를 혼자 익히면서 자유로운 나라를 동경하는 마음을 품었다. 그래서 남편이 이민을 제안했을 때 선뜻 응했다. 검정머리는 그해 겨울 한국을 떠나기 전 동양방송 심야 라디오 '양희은의 밤을 잊은 그대에게'에서 흘러나오는 카펜터스의 〈Top of the world〉를 따라 부르며 뉴욕을 떠올렸다. 그녀에게 뉴욕은 'Top of the world'였다.

1973년에는 한국에서 뉴욕으로 떠나는 직항이 없었다. 더구나 한국에서 출국할 때 가지고 갈 수 있는 합법적 금액은 겨우 1천 달러까지였다. 결국 검정머리의 가족은 다른 한국인 이민자들처럼 양말과 자그마한 고추장 독 안에 몰래 달러를 더 숨겨서 공항을 빠져나갔다. 검정머리의 네 식구는 로스앤젤레스를 거쳐 뉴욕에 도착했다. 남편은 이민 계획을 세우면서 기술을 배웠다. 미국에서 언어소통이 쉽지 않은 한국인이 정착하려면 기술이 최고라는 말을 들어서였다. 남편은 미국 이민을 준비하며 학원을 다니면서 용접기술 자격증을 땄다. 하지만 부부가 AFKN을 들으며 키운 아메리칸드림은 뉴욕에 도착한 지 며칠 되지 않아 휴지조각으로 변했다. 한국의 용접기술 자격증으로는 미국에서 취업이 어려웠다. 결국 남편이 미국 자격증을 따기 위한 용접기술을 배우는 동안 생계를 책

맨해튼 럭키스타

임지는 몫은 검정머리에게 돌아갔다.

"너한테는 금발이 어울려."

11월의 어느 날 검정머리가 밤색머리에게 오렌지를 건네주었다. 밤색머리는 오렌지 과즙이 묻은 손으로 짙은 갈색빛이 도는 자신의 머리카락을 매만졌다. 밤색머리를 지켜보던 검정머리가 말했다.

"나는 어떤 사람들한테 어떤 머리색이 잘 어울리는지 알고 있어."

"검정머리를 숨기려고 여러 색으로 염색했어요? 그래서 머릿결이 엉망인가요?"

"너도 일하느라 5년 내내 하루에 세 시간씩 자면 머리카락이 나처럼 수세미같이 될 거야. 뉴욕에 오자마자 브롱크스에서 한국인이 운영하는 가발가게에서 일하기 시작했어. 어쨌든 나는 뉴욕 사람들의 말을 알아듣고, 대답 정도는 할 수 있었어. 물론 손님들은 다들 내 영어를 비웃었지만."

"미세스 마, 당신이 말하는 영어는 좀 이상하게 들려요."

"어떻게 들리는데 그러지?"

"뭐랄까, 대화를 나누기보다 타자기로 타닥타닥 타이핑한 글자들을 읽고 있는 것 같죠. 말하는데, 말의 감정이 잘 안 느껴져요."

검정머리는 무표정한 얼굴로 밤색머리를 바라보았다.

"그래? 당연히 그렇지. 영어는 내 마음의 말이 아니라, 내 머리로 이해하는 말이니까."

오렌지를 다 먹은 밤색머리는 손가락을 벽에 문질러 닦았다.

"그리고 금발머리라니. 생각해본 적 없어요. 금발은 촌스러워요."

밤색머리는 오렌지 껍질을 쓰레기통에 버리기 전에 동그랗게 말아 손바닥에 올려놓았다.

"차라리 붉은 빛이 감도는 오렌지색으로 염색할까요?"

"내 말을 믿어. 아메리칸 드림처럼 모두들 금발의 미인을 꿈꾼다고. 촌스럽다고? 그건 금발이 진짜 어울리는 사람들이 아니라서 그런 거지. 너는 금발이 어울려. 금발은 너처럼 뻔뻔한 애들을 황금처럼 빛나게 해주지."

밤색머리가 익살스럽게 찌푸린 표정으로 검정머리를 쳐다보았다.

"미세스 마, 뻔뻔하다니요. 나는 늘 당신의 음식을 기다리는 불쌍한 거지예요."

밤색머리는 커다란 푸른 눈을 깜빡이며 일부러 처량한 고아소녀 같은 표정을 지었다.

"너는 한 번도 불쌍해 보인 적이 없어. 뒷문 앞에서 늘 당당하게 서 있지."

밤색머리는 두 손을 내밀었다.

"미안해요, 다음에는 더 공손하게 기다릴게요."

"아니, 아니. 나는 그게 좋아. 거침없는 사람과 대화를 나눌 수 있는 게. 우리 같은 동양인 이민자들은 뉴욕에서 누구보다 열심히 살면서도 늘 기죽은 기분으로 지내야 해. 하고 싶은 말을 다 할 수도 없지. 마음의 소리가 튀어나오기 전에 자기도 모르게 입에 지퍼를 채우게 돼."

검정머리가 뉴욕에 왔을 때, 이미 가발은 유행의 정점이 지난 후였다. 하지만 여전히 뉴욕에는 한국인이 운영하는 가발가게의 숫자가 상당했다. 한국인 이민자들은 속눈썹이나 자그마한 액세서리를 한국에서 싸게 들여와 가발과 함께 팔았다. 심지어 그 아이템을 들고 브롱크스나 할렘을 돌아다니는 한국인 가발 행상들까지 있었다. 하지만 수많은 가발가게 점원 중 손님들과 적극적으로 대화를 시도하는 점원은 거의 없었다. 그중 검정머리는 단연 돋보였다. 검정머리는 어느 가발이 잘 어울리는지, 가발을 썼을 때 어떻게 달라 보이는지 손님들에게 알려주었다. 검정머리는 다른 가발가게에 스카웃되어 그곳에서 높은 임금을 받으며 일했다. 브루클린, 퀸스, 맨해튼 곳곳의 가발가게로 옮겨다니며 그녀는 손님들에게 가발과 한국산 속눈썹, 액세서리를 팔았다. 그때부터 검정머리는 마수자라는 본명 대신 마수지라는 이름을 썼다. 하지만 마수지는 지금껏 한 번도 고객들에게 마수자의 마음속 말을 한 적이 없었다.

검정머리 마수지는 자격증을 새로 따고 미국에서 용접공으로 일하기 시작한 남편과 함께 정신없이 돈을 벌었다. 부부는 뉴욕에서 성공하는 것을 꿈꿨다. 하지만 그 성공은 검정머리가 젊은 시절 꿈꿨던 자유로운 여행자의 삶은 아니었다. 그녀는 수많은 다른 한국인 이민자처럼 뉴욕에서 안전하게 정착하기를 바랐다. 그 때문에 부부는 맨해튼의 화려한 빌딩을 쳐다볼 여유조차 없었다. 직장과 집, 지하철이 그들이 체험하는 뉴욕의 전부였다. 거대한 쥐가 지하철역 승강장 곳곳에서 돌아다니고, 수산시장과 다를 바 없는 퀴퀴한 냄새가 나는 지하철역.

검정머리는 어쩌다 뉴욕의 번화가를 지날 기회가 있으면 일부러 느리게 걸었다. 라르고, 라르고. 속으로 천천히 읊조렸다. 눈앞에 들어오는 높은 빌딩, 요란한 소음, 세계 곳곳에서 온 다양한 인종의 사람들이 떠들어대는 소리에 파묻힐 때 그녀는 희미하게나마 어떤 즐거움을 느꼈다. 오래전 그녀가 꿈꾸던 여행자가 된 듯한 기분이었다. 검정머리는 자신의 두 아이가 뉴욕에서 이 같은 행복을 여유롭게 만끽하기를 바랐다. 그것은 곧 그녀의 발이 붓고, 어깨의 통증은 가실 날이 없으며, 언젠가 쪼그라든 대추 같은 삶이 되리라는 뜻이기도 했다.

그녀는 그걸 알았지만 어쩔 도리가 없었다. 한국에서 비행기를 타고 태평양을 지나면서 밤이 낮으로 바뀐 것만이 아니었다. 그녀 인생의 어떤 페이지가 다음 세대를 위해 넘어가버린 것이었다.

맨해튼 거리 곳곳이 플라타너스 낙엽으로 덮이는 늦가을, 사람들은 센트럴 파크를 산책하며 새의 노랫소리를 들었다. 브로드웨이에서는 1930년대에 시카고에서 뉴욕으로 오는 기차를 배경으로 여배우와 쇼의 프로듀서 사이에 벌어지는 이야기를 담은 〈On the Twentieth Century〉가 공연 중이었다. 이스트빌리지의 GBGB클럽에서는 펑크 이후 낯선 음악에 맞춰 찢어진 옷을 입고 머리를 헝클어트린 젊은이들이 몸을 흔들었다. 아직 유명해지지 않은 그래피티 예술가들은 뉴욕의 구석구석을 슈퍼쥐처럼 돌아다녔다. 키스 해링은 비밀스런 게이클럽에서 춤추는 사람들의 모습을 떠올리며 하얀 분필로 뉴욕의 지하철에 춤추는 천사들을 그리며 낄낄거렸다. 키스 해링의 친구 바스키아는 자신의 서명을 담은 낙서와 문구를 뉴욕 곳곳에 쓱싹쓱싹 그려서 남겼다. 가난한 댄서 지망생 밤색머리는 식당 뒷문 앞에서 식은 파스타를 먹었다. 검정머리가 물끄러미 그 모습을 바라보다 물었다.

"내일도 올 수 있어?"

밤색머리는 검정머리가 그렇게 물어본 적은 처음이라고 생각했다. 내일을 알 수 없는 뉴욕에서 누군가 내일도 나를 기다리고 있다니. 밤색머리는 배부름과는 다른 편안함을 느꼈다. 그것은 뉴욕에서 느낀 아주 작은 행복이었다.

"그럼요, 내일도 나는 배가 고플 테지만, 월세 때문에 식비를 아껴야 하니까."

"그럼 내일 이 시간에 여기서 만나."

밤색머리는 고맙다, 는 말이 아니라 다른 말이 하고 싶어졌다. 고맙다, 는 말은 충분히 많이 했다. 가끔은 소녀처럼, 가끔은 처녀처럼, 또 가끔은 늙은 할머니처럼, 어쩌다 거리의 갱스터처럼 그렇게 말했지만 어쨌든 너무 지겨워질 정도로 고맙다고 했다.

"미세스 마, 당신을 영원히 기억할게요."

검정머리는 입가에 희미하게 미소를 띠었다. 그럼에도 그녀의 눈가에는 깊은 주름이 팼다. 검정머리는 안경을 벗은 다음 앞치마로 슬쩍 닦고 다시 썼다.

"너는 맨해튼의 럭키스타가 될 거야. 나는 그걸 알아볼 수 있어."

"그럼, 당신은 내 첫 번째 팬이네요."

"그리고 아마 행운아가 되면 너는 나를 잊어버릴 거야."

"세상에, 말도 안 돼요."

밤색머리는 고개를 내저었다.

검정머리는 아직도 가끔은 십대처럼 보이는 밤색머리의 머리를 쓰다듬어주고 싶었다. 한국전쟁 피난길에 잃어버린 여동생의 머리를 쓰다듬어주듯. 하지만 그건 이 뉴욕이란 대도시에서 가능한 일이 아니었다.

"미세스 마, 한국말 하나만 가르쳐줘요."

검정머리가 파스타 접시를 놓고 떠나기 전에 밤색머리가 말했다.

"어떤 말?"

"내가 럭키스타가 되어 당신을 만나면 맨 처음 건넬 수 있는 말."

검정머리는 허리에 손을 얹고 잠시 고민하다 천천히 말했다.

"안, 녕, 하, 세, 요."

"안녕…… 하세요?"

밤색머리는 그 말을 따라하고는 그게 무슨 뜻이냐고 물었다.

"죽을 만큼 고생했던 나라의 사람들이 이제 괜찮으냐고 묻는 말이야."

"어쩌면 이 뉴욕에 어울리는 말이네요."

밤색머리는 그 말을 다시 한번 따라한 뒤 그 거리를 떠나려다 돌아왔다.

"그래피티는 그래비티죠."

검정머리가 빤히 밤색머리를 바라보다 물었다.

"그게 무슨 소리야? 그래피티가 중력이라니?"

"나도 몰라요. 미세스 마한테 Hi나 Hello를 가르쳐줄 수
는 없잖아요. 그래서 지금 그냥 내 머릿속에 떠오른 말도 안
되는 문장을 알려준 거예요. 하지만 우리 두 사람은 이 문장
을 기억하겠죠. 그러니까 우린 서로를 잊지 않을 거라고요."

그날 밤 검정머리는 퇴근한 이후 가족들이 거주하는 퀸스
로 돌아갔다. 그곳에는 그녀와 같은 한국인이 많이 거주했다.
검정머리는 집으로 돌아가기 전 중국음식 재료를 파는 마트
에 들러 건두부를 샀다.

다음 날이 검정머리가 식당에서 웨이트리스로 일하는 마
지막 날이었다. 검정머리와 그녀의 남편은 드디어 브롱크스
에 작은 가게를 열 수 있었다. 그들은 한국인 상인에게 권리
금을 주고 청과물가게를 인수했다. 새벽부터 문을 열고 신선
한 채소와 과일을 파는 청과물가게는 한국인 이민자들이 꿈
꾸는 가게 중 하나였다. 목돈이 모이자 검정머리는 가발가게
점원을 그만두고 본격적으로 청과물가게를 알아보러 다녔다.
하지만 일을 온전히 그만둘 수는 없었다. 그 때문에 그녀는

가발가게에서 일할 때 만난 단골손님의 소개로 이스트빌리지의 이탈리아 식당에서 저녁에만 웨이트리스로 일하기 시작한 것이었다.

검정머리는 자정이 훌쩍 넘은 시간에 홀로 부엌에서 건두부를 요리했다. 간장에 설탕과 고춧가루를 섞고 양념장에 자작하게 두부를 볶았다. 마지막에는 일하는 식당에서 얻어 온 토마토소스를 적절하게 섞었다. 쫄깃쫄깃한 차돌박이 같은 고기 맛이 났지만, 고기는 아니었다. 그녀는 두부 요리를 두 개의 그릇에 나눠 담았다.

검정머리는 이탈리아 식당의 주인에게 두부 요리 한 그릇을 선물했다. 백발의 '꽁지머리'를 한 뚱뚱한 이탈리아인 주인은 겉보기에는 늙은 마피아처럼 보였다. 하지만 그는 이탈리아 식당에서 아무 말 없이 한국인 웨이트리스를 써준 인심 좋은 주인이었다.

"이건 뭔가?"

"동양식 두부 파스타라고 생각하세요."

검정머리는 나머지 한 그릇을 밤 8시가 오기 전에 한 번 더 데웠다.

"그 거지 아가씨에게 줄 건가?"

식당 주인이 농담처럼 물었다.

"거지가 아니라 맨해튼 럭키스타예요."

"거지 아가씨가 그렇게 말하던가? 이봐요, 미세스 마. 이스트빌리지는 뉴욕의 하수구 같은 블랙홀이라 반짝반짝 빛나는 별들이 많이 찾아오지. 톰킨스스퀘어 공원의 그 쓰레기들도 예전에는 다 눈부신 별들이었네. 나도 한때는 그들을 좋아했고 동정도 했지. 하지만 다 소용없는 일이야. 성공한 록스타가 되지 못하면 겉만 번지르르하고 돈도 못 내는 쓰레기 신세라고."

그러면서 식당 주인은 껄껄 웃었다.

검정머리는 말없이 따뜻하게 데운 두부 요리를 그릇에 다시 담았다. 그리고 밤 8시가 가까워 오자 그릇의 온기를 손으로 느끼며 뒷문 밖에 서 있었다.

'한국에서는 교도소에서 나올 때 두부를 먹어. 두부는 죄를 하얗게 씻어주는 요리지.'

검정머리는 두부에 대한 말을 영어 문장으로 생각하면서 잠시 길거리에 서 있었다. 언제나 그렇듯 이탈리아 식당이 있는 이스트빌리지의 골목은 조용했다. 큰길에서 들리는 요란한 웃음소리나 누군가 욕설을 퍼붓는 소리, 순찰차의 요란한 사이렌마저 고요하게 스며들었다.

'아니, 두부에 대해서는 이런저런 말을 하지 말자. 그냥 행운의 요리라고만 해야지.'

검정머리는 20분 정도 기다린 뒤 뒷문을 열고 들어갔다.

잠시 주저하다 두부 요리는 뒷문 앞에 두었다. 퇴근 후에 그녀는 다시 뒷문을 열고 나왔다. 두부 요리는 그 자리에 그대로 있었다. 그녀는 두부 요리가 담긴 그릇을 통째로 쓰레기통에 넣고 떠났다.

검정머리와 그녀의 남편은 청과물가게를 열었지만 성공하지 못했다. 알고 보니 권리금을 비싸게 챙기려고 가게 주인이 부부를 속인 것이었다. 가게 주인은 작정하고 반값 세일을 해서 과일과 채소를 싸게 팔았다. 검정머리와 남편이 가게를 인수한 후 제값에 과일을 팔자 그들의 청과물가게로 오는 손님은 아무도 없었다. 심지어 가게 주인이 그곳에서 멀지 않은 곳에 새롭게 청과물가게를 차리기까지 했다.

1983년 막 데뷔앨범을 준비하고 있는 밤색머리는 더는 쓰레기통을 뒤지는 신세가 아니었다. 밤색머리는 이미 뉴욕의 언더그라운드 클럽에서 유명인사였다. 그녀를 숭배하는 남자들과 그녀와 친하게 지내려는 사람들이 주변에 가득했다. 택시를 타고 친구와 함께 이스트빌리지를 지나가던 밤색머리는 손으로 차창 너머를 가리켰다.

"저쪽 이탈리아 식당에 나에게 친절하게 대해준 한국인 아주머니가 있었어. 나한테 음식물 쓰레기가 아닌 진짜 음식을 줬어. 신선한 과일하고, 가끔은 파스타도. 파스타는 식었지만 맛있었지. 그 아주머니가 나한테 한국말도 가르쳐줬는데, 지금은 기억이 안 난다."

그렇게 말하고서 밤색머리는 까르르 웃었다.

그 다음 주에 밤색머리는 머리카락을 염색했다. 그녀는 금발을 선택했다. 마돈나 루이즈 베로니카 치코네는 그렇게 밤색머리에서 금발머리가 되었다. 그녀는 금발로 변한 자신의 머리를 매만지며 이스트빌리지의 한 식당을 떠올렸다.

1978년 늦은 가을 그녀는 꿈을 꾸었다. 1930년대 호텔 화장실에서 거울을 보고 있던 그녀는 브로드웨이의 뮤지컬 배우였다. 그런데 그녀의 코에서 코피가 떨어졌다. 그 순간 거울 속에는 계모와 함께 살던 어린 시절의 그녀가 나타났다. 계모는 검소한 사람으로 밤색머리와 그녀의 여동생들에게 늘 똑같은 라임색 천으로 만든 드레스를 만들어 입혔다. 거울 속의 꼬마 밤색머리는 라임색 드레스를 입고 웃고 있었다. 밤색머리의 눈에 그 미소가 멍청하게 느껴졌다. 사실 밤색머리는 동생들과 똑같이 맞춰 입은 라임색 드레스에 진절머리가 났다. 어느 날 라임색 드레스를 입히려는 계모에게 대들다가 뺨을 맞았고 코피를 흘렸다. 코피가 라임색 드레스의 가슴께에 묻자 그녀는 짜릿함을 느꼈다. 어쨌든 동생들과는 다른 옷을 입었으니까. 하지만 거울 속의 소녀는 아무런 얼룩이 없는 라임색 드레스를 입고 웃고 있었다.

맨해튼 럭키스타

그 꿈은 더 이상 악몽이 아니었다. 어쩌면 배고픔에 시달리는 뉴욕에서 지내는 삶이 더 악몽 같았다. 하지만 밤색머리는 라임색 드레스를 입고 웃고 있는 소녀의 얼굴이 끔찍하게 느껴졌다. 모두가 생각하는 평범한 성공은 그녀의 욕망이 아니었다. 그리고 모두가 바라는 아주 작은 행복 역시 그녀가 원하는 것이 아니었다.

그날 아침 밤색머리는 여느 날처럼 댄스 아카데미로 가기 위해 지하철을 탔다. 그런데 10여 분쯤 달리던 지하철이 그만 멈추고 말았다. 컴컴한 터널 안에서 지하철은 그대로 서 있었다. 밤색머리는 무덤에 들어간 듯 숨이 가빠왔다. 그녀의 삶이 평생 어둠 속에 묻혀버릴 것만 같았다.

다시 지하철이 움직이고 터널을 빠져나왔을 때 그녀는 어딘가를 바라보았다. 지하철 의자와 벽면이 수많은 낙서로 뒤덮여 있었다. 그 낙서 중 한 문구가 그녀를 끌어당겼다. 중력처럼.

Everyone must stand alone.

그녀는 다음 역에서 내려버렸다. 그녀는 댄스 아카데미로 가지 않았다. 그녀는 이스트빌리지로 돌아오면서 빵집에 들러 단단한 빵 한 덩이를 샀다. 그리고 그날 저녁 이탈리아 식당의 뒤편에 가지 않았다.

밤색머리는 생각했다. 그녀는 누군가에게 위로받기 위해 뉴욕에 온 것이 아니었다. 이스트빌리지의 추운 아파트 안에서 낡은 파자마 차림으로 밤을 지새우며 그녀는 결심했다. 세상에서 가장 단단하고 겁 없는 사람이 되겠다고. 누구에게도 의지하지 않겠다고. 뉴욕에서 누군가와 한 약속을 기다리는 사람이 아니라, 뉴욕에서 새로운 약속을 만드는 사람이 되겠다고. 그날 이후 그녀는 이탈리아 식당이 있는 거리를 일부러 피해 다녔다.

1978년 겨울이 지난 후에 밤색머리는 딱 한 번 그 식당을 찾아갔다. 1979년 여름 그녀는 뒷문이 아닌 출입문으로 당당히 들어가 테이블에 앉았다. 밤색머리는 검정머리에게 하고 싶은 말이 있었다.

"나 성공하는 법을 찾았어요. 이제는 댄서가 될 생각은 없어요. 유럽의 디스코퀸을 뽑는 프랑스 프로듀서의 오디션에 합격했어요. 나는 어마어마한 팝스타로 성공할 거예요."

하지만 그 말을 들어줄 사람은 이탈리아 식당에 없었다. 이미 웨이트리스는 다른 사람으로 바뀌어 있었다. 밤색머리는 파스타 하나를 주문한 뒤, 냅킨에 매직으로 별을 그리고 그 안에 마돈나, 라고 서명을 했다. 식사를 마치고 식당을 나오기 전 밤색머리는 식당 주인에게 이곳에서 일하던 한국인 웨이트리스가 다시 찾아오면 그 냅킨을 전해달라고 부탁했다.

같은 날 검정머리는 맨해튼 타임스스퀘어 인근의 한국인 식당에서 다시 웨이트리스로 일하기 시작했다. 부부의 청과물가게는 폐업 직전이었다.

이후 검정머리가 뉴욕의 그럴듯한 식품점의 여주인이 된 것은 1988년 가을이었다. 밤색머리 역시 프랑스에서 실패했다. 밤색머리는 그녀를 싸구려 디스코 음악에 가두려는 프랑스 제작진과 싸우기 일쑤였다. 그들은 그녀가 엉덩이를 흔드는 게 아니라, 엉덩이가 그녀를 흔들 것을 요구했다. 결국 밤색머리는 휴가를 달라며 경비를 받아 뉴욕으로 돌아왔다. 그리고 그 후 다시는 프랑스로 돌아가지 않았다. 대신 맨해튼 럭키스타를 꿈꾸며 브루클린의 낡은 쓰레기 같은 클럽을 전전하며 노래했다. 뉴욕에서 성공하는 것은 두 사람 모두에게 쉽지 않았다.

2018년 팝스타 마돈나는 한국에 코스메틱 브랜드 MDNA 스킨을 런칭했다. 그 기념으로 그녀는 인스타그램에 장난스러운 동영상 하나를 올렸다. 동영상 속에서 필터 앱을 통해 귀여운 동물 귀와 수염을 붙인 마돈나는 어색한 발음으로 천천히 말했다.

"안녕, 안녕하세요."

동영상을 올린 후 그녀는 잠시 생각에 잠겼다.

한국 아이돌 그룹 BTS의 동영상에서 그 한국어 인사를 처음 들은 것이 아니었다. 예전에 분명 어디선가 그 인사말을 들은 적이 있었다.

럭키스타 마돈나 주변을 작은 혜성처럼 맴돌다가 사라진 사람들은 너무나 많았다. 마돈나는 성공을 위해서 제일 중요한 사람을 제외하고는 매일 밤 화장을 지우듯 기억에서 빨리 빨리 과거의 사람들을 지워버렸다. 하지만 마돈나는 안녕, 이라는 어감에 어떤 맛이 남아 있다고 생각했다. 몸과 마음을 따뜻하게 해주는 어떤 음식들의 맛과 닮은 그런 맛이었다. 마돈나는 스마트폰을 내려놓고 잠시 눈을 감았다. 그녀는 아무 것도 손에 쥔 것 없이 이스트빌리지를 걷고 있었다.

참고문헌

크리스토퍼 앤더슨 저, 윤수인 역, 《슈퍼 스타의 신화, 마돈나》, 새론문화사, 1995.

김일수 저, 안정석, 오문환, 박재욱 공역, 《뉴욕한인사회: 그 형성과 전개과정에 관한 현장조사 연구리포트》, 로출판, 1990.

살아가는 동안

프란시스 차

오늘은 우리가 만난 지 두 달째 되는 날이고, 알렉스와 나는 그의 친구 커플과 늦은 저녁을 함께하기 위해 시내로 들어가고 있는 중이었다. 식당이나 와인을 선택하는 일이 일상의 큰 즐거움인 모양인지 택시 안에서 알렉스는 우리가 왜 꼭 거기로 가야 하는지 공들여 설명했다. '펑'이라는 식당인데, 음식도 장식도 토스카나식 전원풍이라고. 으레 신랄하기 마련인 블룸버그 독자들조차도 열렬히 좋은 평을 준 데다 자기가 보기에 거기는 와인 가격도 가성비가 훌륭하다나. 나는 고개를 끄덕이면서, 이야기를 하며 재차 시간을 확인하는 그가 알아채지 못하게 비 오는 고속도로에 눈길을 주곤 했다.

　알렉스는 확실히 좋은 남자다. 특히 내게는. 아직까지 이런 남자를 만나본 적이 없었던지라 나는 요즘 이색적이라고 느껴질 만큼 신기한 경험을 하고 있다. 내 몽상을 귀 기울여 들어주고, 내 작업에 대해서도 자상한 관심을 가지고 물어봐주는 남자 아닌가. 1년 전 알렉스는 심약한 누나를 위해 한 집에서 살기로 결정하고 이사를 했다. 또 가끔씩 그는 자신이 하는 일의 속성상 난처할 때가 있다는데, 예를 들어 지난 주 같은 경우, 근로자 열두 명의 목숨을 앗아 간 중동의 유전이 폭발했을 때 자신은 3백만 불 가치가 있는 경쟁사의 주식을 거래하고 있다는 사실이 끔찍하다고 했다. 이 정도면 좋은 사람이라고 봐도 되지 않을까?

식당 '꿩'에는 뭉툭하고 하얀 양초가 사방에 늘어서 있었고, 벽에는 새끼돼지 구이가 꼬리를 축 늘어뜨린 채 걸려 있었고, 우리가 앉아 있는 뒤편으로는 커다란 벽돌 화덕이 있었다. 다들 토끼 고기와 송아지 고기와 호박 뇨끼에 대해 탐색했으며, 아르헨티나나 칠레나 캘리포니아 산지의 와인 목록을 심사숙고하는 데 기꺼이 20분을 집중했다! 나는 소심하게 메추라기 요리를 주문했다.

내가 화장실로 가려고 자리에서 일어나자 남자들도 몸을 일으켰다. 찬물에 씻은 손을 뺨에 대어 식히고 자리로 돌아오니 여자 쪽에서 내 손을 잡으며 다가올 자신들의 결혼식에 대해 이야기했다. 결혼식은 5월 마지막 주 코모 호숫가에서 있

살아가는 동안

을 예정이었다.

"알렉스랑 같이 오세요!"

그녀가 말했다.

"알렉스가 결혼식에서 바이올린 연주도 하거든요. 5월에 시간이 되세요?"

나는 어쩌나 싶은 마음을 숨기려고 건너편에 있는 알렉스를 쳐다봤다. 오늘 처음 만난 사람들이 여섯 달 후 유럽에서 치르는 결혼식에 내가 참석할지 여부에 대해 이야기하는 것이 아무렇지도 않다는 듯, 알렉스는 차분한 목소리로 5월의 코모가 얼마나 아름다운지를 이야기할 뿐이었다.

"비행기로 밀라노까지 간 다음 기차를 타야 해요."

여자가 말했다.

"물론 알렉스가 다 알아서 해줄 거지?"

알렉스가 내 시야 바깥쪽에서 나를 바라보며 미소를 짓고 있었다.

알렉스와 나는 두 달 전 뉴욕의 성공한 한국인들이 모인 자선 행사에서 만났다. 금융계나 패션계에서 일한다는 한국계 미국인들이 그 자리에 참석했고, 나처럼 별 볼 일 없는 사람들은 뒤늦게 초대받아 바깥쪽 테이블을 채웠다. 거기서 나는 아름다운 노란 빛깔의 샴페인이 담긴 첫 잔을 대리석 바닥에 보기 좋게 떨어뜨려 깨뜨리고 말았다. 나는 순간적으로 얼어붙었고, 내가 가진 단 한 켤레의 검정 하이힐 둘레로 샴페인 연못이 형성되고 있었다. 그때 어디선가 알렉스가 탄식을 내지르며 재빠르게 다가왔다. 크지만 부담스럽지 않은 체격에 단단한 몸집을 가진 남자였다. 그는 따뜻한 손으로 내 어깨를 가볍게 잡으며 괜찮냐고 묻고는 웅크리고 앉아 구두 밑창에 크리스털 파편이 박히는 것도 아랑곳하지 않고 냅킨으로 젖은 유리 조각을 치우기 시작했다.

나는 이사회의 최고령자인 한 회원에게 초대를 받고 행사에 갔었는데, 그는 오래전 한국에서 우리 할아버지 덕에 병을 회복한 바 있어서 내가 뉴욕에 왔을 때 나를 만나고 싶어 했다. 우리 가족에게 매해 구정이면 커다란 스티로폼 박스에 담긴 생물 게를, 또 추석에는 말린 굴비를 스무 마리씩 보내던 사람이었다. 지난 9월, 때때로 안부를 전해 오는 그의 비서에게 내가 미국으로 가게 되었다고 하자 그녀가 다음 날 다시 전화를 걸어 와 몇 달 뒤의 한 날짜를 비워두는 게 어떻겠느냐며 그날 입을 옷을 살 수 있게 5번가의 백화점 상품권을 보내겠다고 했다. 그렇게 구매한, 우리 할머니 칠보반지 색깔과 같은 긴소매 실크드레스를 오늘 입고 있다. 알렉스의 친구들 앞에서 내가 괜찮아 보이는 것 같아 기분이 좋기는 하다.

알렉스는 연신 고개를 기울여 테이블 건너편에 앉아 있는 내게 미소를 지어 보였다. 하지만 모두가 내가 끼어들 만한

게 없는 화제로 이야기를 하고 있어서 나는 할 말이 별로 없었다. 여자가 내 쪽을 향해 미소를 지었다. 그녀는 행복에 겨운 나머지 자애로워 보일 정도였다.

"다혜, 당신 일 얘기 좀 들려줘요."

그녀가 말했다.

"당신이 만든다는 보석에 관심이 가요. 아직까지 한 번도 보석 디자이너를 만나본 적이 없거든요. 말하자면, 친목상으로는요."

그녀의 시선이 적어도 3캐럿은 되어 보이는 커다란 다이아몬드가 박힌 자신의 약혼반지로 옮겨 갔다.

"전 보석 디자이너가 아니에요."

내가 부정했다.

"그렇게 되려고 공부하는 중이지."

알렉스가 덧붙였다. 그는 저녁 내내 그러고 있었다. 내가 하는 말에 뭔가를 추가하기. 내 대답이 너무 짧아서 그러는 걸 테지만, 나도 최선을 다하고 있다는 걸 좀 알아줬으면. 나는 보석 디자이너가 아닌 데다가 공부하고 있지도 않다. 더 이상은. 학위를 받을 수 있는 학교에서 보석 디자인을 공부하려고 뉴욕에 왔는데, 몇 달 전 아빠의 회사에 부도가 났다. 아빠가 실직을 하는 바람에 더 이상 학비를 낼 수 없게 되자 나는 휴학계를 냈다.

아파트 월세는 1년치를 내놓은 상태였지만 일을 구해야 했다. 뉴욕에 얼마나 더 오래 있을지는 아직 모르겠지만. 이 모든 일이 벌어지기 직전에 알렉스를 만났는데, 나는 그에게 내 가족에게 벌어진 극적인 사연에 대해 아무 말도 하지 않았다. 그는 아직도 내가 학교에서 부탄 토치를 이용해 용접하는 기술을 배우면서 시간을 보내고 있다고 생각한다. 소호에 새로 생긴 그리스 식당에서 첫 데이트를 할 때 나는 그에게 언젠가 프랑스 보석 브랜드 디자이너로 취직을 하고, 은퇴 후에는 후학을 양성하는 것이 꿈이라고 했었다.

"경력을 쌓기 위한 작품을 만들 때 재료를 직접 사야 하나요? 세공 전 보석이나 금 같은 것들 말이에요."

여자가 물었다.

"직접 사야 한다면 무척 비쌀 텐데요."

그저 내 생각인지는 모르겠지만 그녀가 나를 감탄하듯 바라보는 것 같았다. 사실이므로 나는 고개를 끄덕였다. 미드타운의 다이아몬드 구역에서 보석을 건지느라 여러 날 오후를 보내야 했으니까. 한국에서 받은 장학금을 조금 가지고 있었지만 그마저도 가을 학기 포트폴리오 작업을 하느라 다 써버렸다. 지금 하고 있는, 중심에 루비가 박힌 자물쇠 모양의 금색 펜던트 목걸이도 그렇게 생긴 것이다. 내가 만든 것 중 가장 단순하지만 제일 아끼는 목걸이다.

　　　　　　　　살아가는 동안

나는 그 목걸이가 행운의 부적이기라도 한 것처럼 가만히 문질렀다.

"그거 직접 만든 건가요?"

여자가 펜던트를 발견하고 물었다.

"세상에! 너무 마음에 들어요. 정말로. 좀 봐도 될까요?"

나는 내 머리 위로 목걸이를 들어 올려 여자에게 건네주었다. 그녀는 그것을 손바닥 위에서 여러 차례 뒤집어보고는 감탄하며 자기 약혼자에게도 보여주었다. 그리 복잡한 모양도 아닌 데다가 딱히 디자인이랄 것도 없어서 나는 좀 부끄러운 기분이 들었다. 내가 이 목걸이를 좋아하는 이유는 알렉스를 만난 날 구한 물건인 데다가 오늘 입은 드레스와 같이 하면 예뻐서일 뿐인데.

"진정한 예술가를 만났네."

여자가 알렉스에게 말했다. 알렉스는 테이블 밑에서 내 손을 더듬어 꼭 쥐었다. 마치 내가 어려운 시험에 통과하기라도 한 것처럼.

다음 날은 월요일이었고, 나는 알람이 울리는 것도 모르고 잤다. 로완의 엄마 미나는 변호사와 아주 중요한 전략 회의가 있어서 오늘 아침 8시 정각에는 약속한 장소에 가 있어야 한다고 했었다. 나는 지하철 안에서 피가 말랐다. 유니언 스퀘어 역까지 질주해 다행스럽게도 문이 닫히기 직전에 업타운 방향 급행을 탈 수 있었고, 그것은 8시 7분까지는 건물 앞에 도착할 수 있다는 것을 뜻했다.

이제는 나를 알아보는 건물 경비원이 손을 흔들어 인사를 해왔고, 8시 9분이 되어서야 나는 로완의 집 앞에 도착해 현관문을 노크할 수 있었다. 문이 열리자 잔뜩 화가 난 미나가 서 있었다. 완벽하게 화장을 한 그녀는 내가 도착하기를 학수고대했다는 걸 드러내려는 듯 반짝이는 하이힐까지 이미 신고 있었다. 그때 로완이 몸을 던지듯 내 팔 안으로 뛰어들어 구해주었기 망정이지.

"누나, 누나, 나 기차 생겼다!"

로완이 혀 짧은 소리로 사랑스럽게 말했다. 나는 신발을 벗으면서 그의 정수리에 뽀뽀를 해주고는 일단 손부터 씻고 오겠다고 우물거렸다. 늦은 것에 대해 사과를 해야 한다는 걸 알았지만 입이 떨어지지 않았다.

"난 정말 서둘러야 해요. 루페가 11시에 와서 점심을 만들어줄 거예요. 로완은 오늘 학교 발표 시간에 쓸 책을 가져가야 하고요."

미나가 출입구에 서서 말했다.

"물어볼 것 있으면 문자 하고요. 안녕, 로완!"

그녀는 문이 닫히기도 전에 어디론가 전화를 걸었다.

다른 세 살짜리 아이들을 잘 알지는 못하지만 나는 로완이 영재인 것 같다. 내가 스치듯 말한 것들을 어찌나 잘 기억하는지. 지난주에는 공원에 갔다가 돌아오던 중 내가 하늘을 바라보자 로완이 내게 "할아버시 찾고 있는 서야? 할아버지 보고 싶어?"라고 물었다. 몇 주 전 로완이 조부모님 댁을 방문한다며 나에게 우리 할아버지에 대해 묻기에 하늘나라에 가셨다고 말해줬는데 그걸 기억한 것이다. 로완은 영어 철자뿐 아니라 내가 가르쳐준 한글도 다 기억했다. 미나는 로완이 글자를 안다는 것에 감격해서 그녀의 지인들이 집에 올 때마다 자랑했다.

나는 행사의 한 후원자로부터 어떤 한국계 미국인 엄마가 아들에게 한국말을 가르쳐줄 사람을 구하고 있다는 말을 듣고 그 집의 주간 가정교사로 일하게 된 거였다.

보모가 일을 그만두자 미나는 날더러 당분간 좀 더 많은 시간을 할애해줄 수 있겠느냐고 묻고는 내가 휴학을 하자 풀타임으로 나를 고용했다. 일주일에 한두 번 과외를 하러 올 때에는 나를 손님이나 영예로운 선생님 대하듯 모시던 미나가 지금은 좀 달라졌다.

"오늘은 아빠!"

로완이 내 손을 잡고 나를 자기 방으로 나를 이끌더니 짐가방을 가리켰다.

"듄비 해야 대!"

그렇겠지. 미나가 이따가 로완을 제 아빠에게 데려다줄 때 짐 가방 챙겨 가는 걸 잊지 말라고 문자를 보냈으니까. 미나와 그녀의 남편은 이혼 소송 중이다. 그녀는 소송을 준비하는 것이 풀타임 근무나 마찬가지라고 말했다. 미나는 원래 매디슨가의 고급 백화점 바이어였는데 로완이 생기자 일을 그만뒀다고 한다.

"퇴직을 하는 게 아이를 위한 최선이라며 자기가 나를 끝까지 책임지겠다나."

그녀는 씁쓸해 했다.

"그래놓고선 이제는 경력도 없는데 나를 거리로 내몰 모양이야!"

나는 지금껏 로완의 아빠 제레미를 몇 번밖에 보지 못했다. 로완을 그의 아파트로 데려다주면서 잠깐씩 봤는데, 그는 내게 충분히 친절했으나 미나에게 하도 지독한 이야기를 많이 들어서인지 나까지도 그가 괴물로 보일 지경이었다. 자산 분리나 별거수당도 그렇지만 양육권 분쟁이야말로 미나를 가장 돌아버리게 하는 부분인 것 같았다.

"내 아들을 뺏어 가게 두나 봐." 미나는 울었다. "아이와 시간 보낼 생각은 않고 사람 써서 해결할 거면서 대체 양육권은 왜 가져가려고 하냐고?"

자기 아이를 하루 종일 돌보게 하기 위해 고용한 나에게 그런 말을 하는 게 좀 우습긴 했다. 하지만 나는 고개를 끄덕여주고 동조해주는 것으로 위로를 표했는데, 그것 또한 내 일의 일부라고 생각해서였다.

미나가 11시라고 했지만 루페는 12시쯤에 왔다. 로완도 나도 배가 고파져서 내가 만든 피넛버터와 잼을 바른 샌드위치를 먹고 있었더니 루페가 와서 보고는 고개를 절레절레 젓고는 고기와 채소로 요리를 하기 시작했다. 원래 루페는 풀타임으로 고용되어 있었는데 이 집 부부의 이혼이 진행되면서 근무 시간이 줄어들었다. 그래서인지 내가 일하는 시간은 이전에 비해 오히려 더 길어진 것에 대해 루페가 원망스러워하고 있는 것 같았다. 하지만 미나는 우리에게 이건 다 이혼을 위한 전략일 뿐이라고 말했다.

샌드위치를 먹고 난 후 내가 테이블에 접시를 그대로 두고 일어나자 루페는 그것도 못마땅한지 나에게 따가운 눈길을 보냈다. 로완과 나는 노래를 부르고 책을 읽으며 한 시간 정도 더 놀았다. 로완이 제일 좋아하는 건 어떤 물고기가 모자를 훔쳤는데 바닷가재가 그걸 물고기에게 그냥 줘버린다는 내용의 희한한 책이었다. 아동 도서가 도둑질을 나쁘게 표현하지 않고 희화화하는 것이 이상했지만, 생각해보면 내가 어렸을 때 읽은 한국 전래 동화 역시 딱히 도덕적이었던 것 같지는 않다.

로완이 칭얼거리기 시작하자 나는 로완을 안고 방에 있는 흔들의자에 앉아 로완이 잠들 때까지 흔들어주었다. 로완을 돌보던 초기에 나는 미나가 편지에 적어놓은 방침대로 하느라 1시에 낮잠을 자야 한다고 하면 12시부터 로완을 어떻게 재우나 걱정했다. 하지만 로완과 하루 종일 함께 보내기 시작한 지 두 달이 지난 지금은 하루 중 가장 좋을 때를 내 판단으로 정한다. 지금도 미나는 금요일이면 내게 전화를 걸어 주말 아침과 오후를 어떻게 보낼지 늘어지게 걱정하곤 한다. 오늘은 루페가 있기 때문에 나는 로완이 잠들어 있는 동안 방에서 나가지 않고 로완의 옆에 누워 졸면서 코모 호수에 대해 생각했다.

"학교 가기 싫어, 놀구 히퍼어어."

낮잠에서 깨어난 로완이 울면서 말했다. 나는 로완을 끌어안고 기분이 나아질 때까지 오랫동안 쉬이이, 쉬이이 소리를 내며 달래주었다. 잠에서 깨어날 때면 로완은 늘 이런다. 막상 학교에 도착하면 나를 한 번 안아보고는 곧바로 교실을 향해 달려 들어가면서 거기까지 가는 동안 나를 애먹이는 것이다. 학교에서는 로완에 대해 잘 알지 못하는 학부모나 교사들이 나를 로완의 엄마로 착각해서 가끔 기분이 묘해지곤 한다. 오늘은 복도에서 한 학교 관계자가 이번 주말에 열리는 가족 축제 행사에 올 거냐고 물었다.

"글쎄요."

나는 원래 아무리 황당한 질문을 받아도 바로 받아치는 걸 잘 못하다 보니 순간 더듬고 말았다.

"그날 뵐 수 있기를 바랄게요!"

그녀가 내 어깨를 잡으며 활기차게 말했다. 스킨십을 좋아하는 미국인들은 내가 목례를 하면 어색하게 쳐다보지만, 한국적인 습관을 깨는 건 여전히 쉽지가 않다. 학교를 나서면서 나는 내가 로완의 베이비시터라는 걸 말하지 않은 걸 자책했다. 나중에 미나가 저 여자와 대화하면서 내가 로완의 엄마인 척했었다고 생각하면 어떡하지? 미나에게 학비가 1년에 5만 불이라는 말을 듣고선 길바닥에서 걸음을 멈출 정도로 놀란 이후, 나는 이 학교에 들어설 때마다 주눅이 들었다.

로완을 데려다준 뒤 시계를 보니 아직 두 시간이 남아 있다. 전화기로 알렉스가 보내준 합성 다이아몬드가 뜨고 있다는 내용의 이메일을 보고 있자니 학교 작업실에 두고 온 재료들을 가지러 가야 한다는 사실이 떠올랐다.

나는 아무도 마주치지 않기를 바라며 학교 작업실로 몰래 들어가 이번 주 안에 비우기로 한 사물함에서 보석들을 꺼냈다. 작업실에 다니며 진행하던 시안들도 꺼내서 한동안 들여다보았다. 학교를 그만두기 전에 나는 사파이어와 자수정으로 된 목걸이를 디자인하던 중이었다. 그런데 배치가 적절하지 않다는 걸 느끼면서도 그게 뭔지를 확실하게 파악하지 못했다. 그런데 지금 보니 미나가 지난주에 하고 있었던 세 가지 색 보석이 비대칭으로 군집한 파격적인 목걸이가 떠올라 그게 정확히 어떤 식으로 세팅이 되어 있었는지 기억을 더듬어보았다. 나는 꽤 오랫동안 스케치를 점검하다가 로완을 데리러 갈 시간이 되어서야 하던 일을 멈췄다.

"누나, 늦었어!"

로완이 말했다. 로완은 친구들이 모두 떠난 교실에 마지막으로 남아 있었다. 나는 로완의 머리카락을 쓸어 넘기면서 괜찮다고 말해주는 교사에게 사과를 했다. 그녀는 마치 햇살처럼 사랑이 넘치는 인격을 가진 사람 같았다. 내 또래로 보이고, 분명 나와 마찬가지로 뉴욕에 살 텐데 어쩌면 이렇게도 상냥하고 차분할 수 있을까.

로완은 여덟 블록을 지나는 데다 큰길 너머에 있는 자기 아빠의 아파트로 가는 동안 내 손을 잡고 걸었다. 세 살짜리가 걷기에는 꽤 먼 거리인데도 청설모, 나무, '우스꽝스러운 모자'를 쓴 사람들을 가리키면서 즐거워했다. 공사 현장을 지날 때마다 10분은 쳐다보고 있어야 했고, 스쿨버스를 발견할 때마다 "스쿨버스다!"라며 순수한 마음으로 기뻐하며 소리쳤다.

아파트는 새로 지은 강철 통유리 고층 건물이었는데, 미나가 살고 있는 이차대전 이전에 지은 화려한 건물과는 판이하게 달랐다. 가사 도우미가 맞이할 거라고 짐작했는데 노크 소리를 듣고 문을 열어준 사람은 로완의 아빠 제레미였다.

"로완!"

로완의 아빠가 갑작스럽게 소리를 지르며 로완을 거칠게 안아 로완이 맨 책가방과 함께 공중으로 높이 들어 올렸다. 나는 로완이 비명을 지르고 웃어대는 통에 바지에 오줌을 싸버리지 않을까 걱정이었다. 로완이 한 달 전에 기저귀를 떼긴 했지만 아직은 실수를 할 때가 있어서 나는 늘 여벌 바지와 비닐봉지를 가방 속에 챙겨서 가지고 다닌다.

"우리 아빠야! 우리 아빠라고!"

로완은 마치 내가 그를 한 번도 본 적이 없는 것처럼 말했다.

"알아."

나는 부드럽게 말하고는 살짝 미소를 지어주었다.

"선생님도 들어오세요."

제레미가 특유의 억양이 들어간 한국어로 말했다. 그는 미국에서 자랐기 때문에 한국말이 많이 서툴렀다. 내가 고개를 젓자 그가 재차 권했다.

"실은 제가 5분 후에 통화를 좀 해야 해서 30분만 더 계셔주시면 고맙겠어요. 가능하다면요."

그가 뒤따르는 로완과 함께 안으로 들어가면서 이미 통화를 시작했기 때문에 나도 신발을 벗고 문 옆에 가방을 내려놓고는 뒤따라 들어가는 수밖에 없었다. 아파트는 현대적이고 단출했다. 대리석으로 만든 탁 트인 주방에는 냄비나 접시 같은 것들은 하나도 보이지 않았고, 식탁 위에는 서류와 우편물이 더미를 이루고 있었다.

로완은 새 장난감으로 채워진 자기 방으로 직진했다. 미나는 법정에서 무책임하게 보이지 않기 위해 자기는 소비를 줄이고 있는 판국에 제레미가 로완의 환심을 사려고 비싼 장난감을 사들인다며 못마땅해 하고 있었다. 미나가 이혼이 어떻게 진행되어가고 있는지 내게 토로를 할 때면 뭐라고 해야 할지 몰라 난감했다. 내가 일주일에 두 번씩 오던 초반에는 보모가 로완을 재우기 전에 목욕시키려고 데리고 가면 미나가 간식과 고급 탄산주스 같은 걸 가져오곤 했다. 미나가 대화를 하자고 나를 붙든다는 건, 대개 제레미가 그 주에 자신에게 어떤 짓을 했는지 악의에 찬 이야기를 풀어놓을 거라는 걸 뜻했다. 하지만 내가 미나의 말에 끄덕여주고 동조한답시고 중얼거리는 것에도 한계가 있어서, 얼마 가지 않아 미나는 나를 붙잡아두고 시간 죽이는 걸 그만두게 되었다. 내가 풀타임으로 일하기 시작한 이후 미나가 언제 내게 마지막으로 미소를 지었는지 기억이 나지 않는다.

살아가는 동안

제레미가 자기 침실에서 전화를 하고 있어서 로완과 나는 거실에서 장난감 자석 타일을 가지고 놀았다. 제레미가 나왔을 때 나는 어린아이치고는 탑을 꽤 잘 만들어내는 로완에게 박수와 찬사를 보내던 중이었다.

"다 했다! 이제 아빠와 놀 시간이야! 고마워요 다혜, 이제 가도 돼요."

제레미가 로완을 안으며 말했다. 로완은 어린애들이 흔히 그렇듯 아빠의 말에 반기를 들었다.

"싫어! 누나랑 계속 놀 거야!"

로완이 생떼를 쏟아내기 직전의 신호를 보내고 있는 동안, 나는 제레미의 눈을 통해 마음이 상했다는 것과 화가 났다는 것을 읽을 수 있었다.

"이 시간이 되면 어른들이 뭘 하려는지 알고 늘 반대로 하려 들어요."

나는 제레미에게 로완이 당신 때문에 그러는 게 아니라 원래 이렇다는 걸 알려주기 위해 일부러 살짝 웃으면서 말했다. 제레미는 로완이 잠자리에 들기 전에 집에 있는 경우가 거의 없었기 때문에 로완이 초저녁에 보일 법한 떼쓰는 모습에 익숙하지 않았다.

"고마워요, 다혜."

제레미는 로완을 모른 척하며 수레처럼 만든 바로 가서

위스키를 따랐다.

"그러면 우린 금요일에 다시 만날 테고. 아참, 물어볼 게 있었는데, 혹시 금요일에 로완이 잠자리에 들기 전까지 있어 주실 수 있나요? 그날 친구들을 초대해서 함께 운동경기를 보고 포커를 치려고 하거든요."

지난주에 알렉스가 새로 생긴 스시 식당에 데려가주겠다고 했는데 그게 금요일이라서 일정이 겹친다. 하지만 제레미의 기분을 거스르는 게 부담이 되기도 하고, 일감이 더 생기는 것도 나쁘지 않아서 그러겠다고 해버렸다. 그리고 알렉스가 만나자고 할 때마다 매번 응할 필요는 없지 않을까. 내가 그러고 싶다 해도.

나는 로완에게 뽀뽀를 하고 안아주면서 울며 소리치는 로완의 팔을 슬며시 풀고 나와버렸다.

알렉스는 금요일 저녁 계획이 어그러진 것에 대해 실망을 하면서도 예약은 다른 주로 미루면 된다고 했다. 왜 약속을 취소해야 하냐고 그가 물었을 때 나는 개인적인 문제로 곤경에 빠진 친구를 만나봐야 한다고 답했다. 그는 대신 수요일에 그의 회사가 후원하는 패션 주간 행사에서 만나면 어떻겠느냐고 물었다.

나는 어떤 옷을 입을지 고민하다 여유 있는 사이즈의 검은 실크 드레스를 입고 순은과 석류석을 이용해 내가 직접 만든 목걸이를 하고 가기로 결정했다. 백금과 루비로 만들고 싶었지만 그 정도 재료가 내가 감당할 수 있는 최선이었다. 프랑스의 크리스털 회사가 행사를 위해 마련한 호텔에서 열린 파티는 엄청났다. 붉은 장미로 만든 거대한 공 조형물이 눈길 닿는 곳곳에 있었고, 크리스털 벽은 촛불로 반짝거렸다. 알렉스는 키가 큰 흑인 여자 둘과 대화를 나누고 있었다. 내가 그를 발견하고 비집고 갈 틈을 만들어 다가가자 알렉스가 그들에게 나를 소개해주었다.

"쟈네이, 케샤, 이 사람이 내가 얘기한 다혜야. 마침 잘 왔어, 다혜. 쟈네이와 케샤는 데이비드 마이어사의 영업팀에 있어. 쟈네이는 내가 와튼* 다닐 때 만난 친구고."

마이어라니! 마이어는 뉴욕을 거점으로 창업한 가장 상징적인 보석 브랜드 중 하나다. 나는 데이비드 마이어의 경영방식과 마이어 부부가 10년 안에 어떻게 회사를 그토록 놀랍게 성공시켰는지에 관한 보고서를 쓴 적이 있었다.

내가 그 여자들에게 스스로를 소개하며 더듬거리고 있을 때라든가 알렉스가 나를 추켜세워주는 것을 듣고 있을 때 알렉스는 내가 얼마나 긴장하고 있는지 관찰하는 게 재미있다는 듯 눈가에 주름까지 만들며 나를 바라봤다.

---

* 아이비리그 대학 중 하나인 펜실베이니아 대학교 상경대학의 명칭.

"이것도 아마 직접 만들었을 걸? 맞지?"

추상화된 거미줄처럼 보이길 바라며 만든 목걸이를 알렉스가 자상하게 어루만지며 물었다.

"맞아. 내가 만들었어."

나는 고개를 끄덕이며 조그맣게 말했고, 쟈네이와 케샤 둘 다 정말 예쁜 디자인이라며 소리를 쳤다. 만일 내가 아니라고 했으면 알렉스는 화제를 어떻게 이끌어 갔을까.

"저기요, 알렉스는 당신이 언젠가 우리 회사에서 일해보고 싶어 할 거라고 하던데, 포트폴리오를 한번 보내보실래요? 데이비드는 늘 젊고 새로운 디자이너를 찾고 있으니 우리가 인턴십 기회를 줄 수도 있고요. 그냥 해보는 소리가 아니고요, 당신의 목걸이 세부 장식이 정말 마음에 들어요. 완전 데이비드 스타일이거든요."

쟈네이는 보석 장식의 클러치백을 열더니 명함을 꺼내 나에게 건넸다.

"그리고 일이 잘 안 풀리면 알렉스가 날 가만두지 않을 테고요."

알렉스가 웃음을 터뜨리며 맞장구쳤다. 다행히 나는 명함을 받으면서 저절로 고개가 숙여지려는 걸 가까스로 멈췄다. 대신, 실례가 되지 않는다면 다음 주에 이메일로 포트폴리오를 보내겠다고 말하며 가볍게 웃기까지 했다. 쟈네이와 케샤에게 감사를 표하며 작별 인사를 한 뒤, 알렉스는 나를 감싸 안아 바로 이끌고 가더니 잡지에서 본 적이 있는 몇몇의 슈퍼 모델을 가리켰다.

"재미있지 않아?"

알렉스가 나를 내려다보며 미소를 머금고 말했다. 나는 그를 올려다보며 고개를 끄덕이고는 내가 무릎을 떨고 있는 걸 그가 알아차리지 않길 바랐다. 심장이 터져나갈 것 같았다. 밤이 되자 알렉스가 나를 바래다주겠다고 했다.

주중의 남은 날 동안 나는 로완과 함께 있을 때를 제외하고는 모든 시간을 포트폴리오 작업에 쏟았다. 스케치를 하고 또 하느라 눈이 몰릴 지경이었다. 지하철에서는 사람들이 착용한 보석을 하나도 놓치지 않고 끊임없이 흘끔거렸는데, 어떤 여자들은 내가 너무 뚫어지게 쳐다봐서 불쾌해할 정도였다. 그런데 제일 마지막으로 작업 중인 사파이어와 자수정으로 만들고 있는 목걸이는 정말 어떻게 접합해야 할지 알 수가 없었다. 아무리 애를 써봐도 뭔가가 포착되지 않아 미궁 속에서 헤매기만 할 뿐 변변한 디자인이 나오지 않았다. 내가 원하는 건 A급 스타들이 할리우드 시상식에 하고 나올 법한 고급스러운 디자인인데, 지금 상태로는 월마트의 청소년 코너에 있는 싸구려로 보였다.

금요일에는 로완이 좀 아팠다. 나는 로완이 초콜릿보다 더 좋아하는 꿀을 한 숟가락씩 먹여가면서 목을 좀 가라앉혀보려고 했지만 로완은 계속 콧물을 흘리며 기침을 했다.

"집에 있어도 돼?"

로완이 낮잠에서 깨어나 칭얼대는 통에 마음이 약해진 나는 로완을 집에서 쉬게 하면 어떻겠느냐고 미나에게 문자를 보내볼까 하고 잠시 망설였다. 그러다 학비가 5만 불이나 되는데 수업을 한 시간이라도 놓치면 학부모가 얼마나 짜증이 날까 하는 생각이 들었다. 때마침 로완의 콧물도 멈췄다. 결국 나는 로완에게 안 된다고 하고는 대신 오늘 저녁 아빠 집에 가는 길에 꿀 한 통을 사주겠다고 약속했다. 어차피 제레미의 집에는 식료품 같은 건 하나도 없을 테니까.

학교에 로완을 데려다주고 나자, 나는 아빠 집에서 주말을 보낼 로완을 위해 미나가 싸놓은 짐 가방을 깜빡 잊고 가져오지 않았다는 걸 깨달았다. 가던 길을 돌려 미나의 아파트로 걸어가며 나는 포트폴리오 작업에 쓸 수 있는 시간을 30분이나 까먹은 내 자신에게 짜증이 솟구쳤다. 오늘은 루페가 없는 날이라 경비원에게 열쇠를 다시 달라고 해서 집 안으로 들어갔다. 한 가지 좋은 점은 원래 가려고 했던 로완의 학교 근처에 있는 시끄러운 커피숍 대신 아무도 없는 아파트에서 조용히 작업을 할 수 있다는 것이었다. 나는 백팩에서 스케치북과 컴퓨터를 꺼내 식탁에 늘어놓았다.

디자인을 좀 고쳐보고 있는데 갑자기 미나가 지난주에 하고 있었던 비대칭 조합의 독특한 목걸이가 떠올랐다. 그걸 한 번만 더 볼 수 있다면 얼마나 도움이 될까 싶은 생각이 머리에서 떠나지 않았다. 사진을 찍어두고, 이를테면 잘 봐뒀다가 나중에 내 디자인에 영향을 준다든가 하는. 각 그룹당 몇 개의 보석이 박혀 있는지, 배열은 어떻게 되어 있는지 궁금했다.

잠긴 채로 어딘가에 잘 보관되어 있을 확률이 큰데도 나는 미나의 방으로 걸어가 조용히 문을 열었다. 미나가 멀리가 있다는 건 알고 있었다. 오늘 아침 내가 교통체증을 뚫고 도착했을 때, 미나는 햄튼에 있는 친구의 별장에서 주말을 보내기 위해 떠나고 없었다. 이전에 이 방은 미나가 내게 줄 현금을 꺼내러 드나들 때 혹은 내가 이 방에 들어오지 않는다는 사실을 아는 로완이 나와 숨바꼭질을 할 때 들어와 숨으면 복도에서 흘끗 보는 정도였다.

벽은 돌회색으로 칠해놓았는데, 아름다운 터키블루 빛깔 침대 덮개가 그 벽과 충격적일 정도로 예쁘게 어울렸다. 미나의 화장대는 거울과 섬세한 금속 문양으로 장식되어 있었다. 그 거울에 내 모습을 비추고 있으니, 화장대와 벨벳 의자에 어울리는 바닥 깔개까지 놓인 이런 방을 가지면 어떤 느낌이 들지 상상을 해보게 된다.

천천히 서랍 하나를 열었는데 화장품이 눈에 들어와 다시 닫았다. 두 번째 서랍에는 편지봉투가 들어 있었다. 세 번째가 내가 찾던 것이었다. 오른편 구석 깊숙한 곳에 있는 벨벳 상자에서 목걸이가 삐죽이 고개를 내밀고 있었다. 나는 목걸이를 집어 들고 바라봤다. 정말 아름다운 물건이었고, 혹시 상표가 새겨져 있지 않은지 걸쇠를 살펴봤지만 글자가 너무 작아 알아볼 수 없었다. 어떤 모양으로 늘어지는지 보려고 목에 걸어봤다. 그런 다음 전화기를 꺼내 사진 몇 장을 찍고는 목걸이를 제자리에 되돌려놓았다.

그런데 다른 목걸이 하나가 내 눈을 사로잡았다. 반짝이는 금줄에 커다란 오팔. 이것도 정말 근사했다. 역시 목에 걸고 사진을 찍은 다음 제자리에 되돌려놓았다. 어느새 나는 서랍 속의 모든 상자를 열어서 반지며 팔찌며 목걸이를 착용해보고 있었다. 값나가는 보석이 아니란 건 알고 있었다. 그런 것들은 어딘가에 잠가놓고 보관하고 있을 테니까. 미나가 하고 있던 티파니 다이아몬드나 반 클리프의 클로버, 까르띠에의 시계 같은 보석들 말이다. 그녀에게 여기 있는 것들은 그저 숨겨둘 가치가 없는 진열용 장신구일 뿐이다. 나는 미나의 취향이 마음에 들었다. 특히 로즈골드와 아주 작은 다이아몬드들로 만든 얼굴 모형 반지는 숨이 멎을 정도였다.

그때 밖에서 전화벨이 울렸다. 나는 깜짝 놀라 황급히 반지를 상자 안에 되돌려놓고 달려 나가 전화를 받았다. 로완의

살아가는 동안

학교였다. 오늘은 한 시간 일찍 픽업해야 한다는 사실을 깜빡 잊고 있었다. 나는 속으로는 진땀을 흘리면서도 거의 다 왔다고 둘러대고는 집 밖으로 달려 나가기 전에 미나의 방으로 돌아가 모든 것이 제자리에 있는지 확인했다. 그러고는 죽어라고 달려서 교실에 도착했고, 부모가 데리러 오기를 기다리는 아이가 두 명 더 있다는 사실에 안도했다.

"괜찮아요, 다른 부모님들도 많이 잊어버리셨더라고요."

친절하게 말해주는 교사가 어찌나 고맙던지.

"누나, 꿀은?"

로완이 내 손을 잡아당기며 말했다. 나는 로완의 머리카락을 헝클어주며 아빠 집으로 가는 길에 슈퍼마켓에 들를 거라고 말해주었다. 다행히 이번에는 로완의 짐 가방을 잊지 않았다. 우리가 제레미의 집에 도착했을 때 그의 친구 둘이 벌써 와서 맥주를 마시며 티브이로 미식축구 경기를 보고 있었다. 다들 소매를 걷어 올렸고, 편안한 태도로 내게 인사를 건네며 한국말을 해보려고 했다. 제레미는 나를 로완의 베이비시터라고 소개하면서 나에게는 그들이 한국계 미국인이라고 일러주었다. 그는 저녁으로 타이 음식을 주문하고 내가 상을 차리는 동안 로완과 숨바꼭질 놀이를 했다.

"몇 사람이 더 올 거고, 좀 있다 피자도 주문할 거니까 접시 같은 건 신경 쓰지 말아요."

제레미가 로완을 쫓아 아파트 안을 뛰어다니며 말했다. 신이 난 로완은 무서우면서도 재미있는지 꽥꽥 소리를 질러댔다. 내가 밥을 먹기 위해 로완을 불렀을 때 제레미의 전화벨이 울렸다. 제레미는 통화를 하기 위해 침실로 가면서 로완을 식탁에 데려다놨다.

"미나, 무슨 일이야?"

차가운 목소리로 전화를 받는 제레미의 목소리가 들리는가 싶더니 그는 방으로 들어가 문을 닫았다.

시간이 좀 지나고 제레미가 나와서 내게 완강한 표정으로, "다혜, 잠깐 얘기 좀 할까요?"라고 했을 때 나는 로완에게 팟타이를 조금 더 덜어주고 있던 중이었다. 심장이 멎는 듯했다. 나는 포크를 내려놓고, 괜스레 칭얼대기 시작한 로완을 안심시키면서 제레미의 방으로 향했다.

"문은 열어둬요."

제레미가 말했다. 그는 팔짱을 낀 채 침대 옆에 서 있었다. 냉혹해 보였다.

"저기, 미나가 방금 나한테 전화를 했는데 거의 제정신이 아니더군요. 미나가 말하기를 당신이 자기 보석들을 건드리는 걸 카메라 영상으로 확인했다는데요?"

그는 적의를 담은 눈으로 나를 쳐다봤다.

"당신이 로완을 늦게 데리러 가는 바람에 학교에서 미나에게 전화를 했다는군요. 확인을 해야겠으니 당신 가방을 좀 봅시다."

그가 나를 위아래로 훑어보았고, 나는 온몸에 산이 부어진 듯 화끈거렸다. 나는 그가 내 옷을 쳐다보면서 내가 주머니에 무언가를 숨기지 않았을까 의심하는 걸 알 수 있었다.

"아무것도 훔치지 않았어요."

나는 더듬거리며 말했다.

"저는 보석 디자이너예요. 그냥 아이디어를 얻으려고 구경만 한 거예요."

나는 공포에 휩싸여 울기 시작했다.

"아무것도 안 훔쳤어요. 전부 다 확인해보세요. 미나에게도 서랍 확인해보라고 하세요."

제레미는 아무 말도 없이 거실로 나갔고, 나는 눈물이 줄줄 흐르는 얼굴로 그를 뒤따랐다. 그는 내 가방을 집어 들더니 꼼꼼히 뒤지기 시작했다. 그런 다음 내 스케치북을 보고는 아무 말도 하지 않은 채 내 재킷을 가리켰다. 내가 재킷을 가져와 그에게 건네자 그는 모든 주머니를 뒤졌다. 그러자 로완이 내 발치로 와 엎드리고는 불안해하며 "누나, 누나" 하고 불렀다. 나는 로완이 내가 우는 걸 보고 겁에 질렸다는 걸 알 수 있었다.

"괜찮아, 괜찮아, 아가야."

나는 눈물을 흘리며 로완을 달랬다. 제레미의 친구들은 무슨 일이 일어난 건지 모르는 척하면서도 몰래 흘끔거리고 있었다. 그때 아파트의 인터콤이 울려 그들 중 한 사람이 조용히 받아 대답했다.

"좋아요."

제레미가 말했다.

"가봐요. 만일 없어진 물건이 하나라도 있을 경우 경찰한테서 연락을 받게 될 겁니다. 그렇게 되면 당신은 저절로 해고되는 거고요."

그가 어찌나 결연하고 무섭게 나를 쳐다보던지 아파트를 나오기 전에 내 물건을 챙기고 소리 지르는 로완을 안아주면서 나는 더 크게 울기 시작했다.

복도에는 방금 엘리베이터에서 내린 두 명의 동양 남자가 있었다.

"9층 A호 맞지?"

둘 중 한 명이 문에 박힌 글자를 확인하며 다른 남자에게 말했다. 눈물로 시야가 흐려진 채 서둘러 그들을 스쳐 지나가려는데 "다혜?" 하는 목소리가 들려왔다. 돌아보니 알렉스가 맥주와 과자봉지를 든 채 당황한 얼굴로 서 있었다.

"어어, 방금 제레미 아파트에서 나오던데."

역시 나를 쳐다보고 있는 다른 남자가 말했다. 우리는 거기 서서 몇 초간 서로를 바라보았고, 잠시 후 돌아선 나는 이미 도착해 있는 엘리베이터 버튼을 눌렀다. 등 뒤에서 문이 닫히는 동안 로완이 기절할 것처럼 울고 있는 소리가 들려왔다. 살아가는 동안 결코 지워지지 않을 소리.

"누나, 누나, 어디 가?"

"누나, 누나, 돌아와!"

그라운드 제로

SOOJA

영호를 실은 비행기는 육중한 무게를 활주로에 두어 번 튕기고는 케네디 국제공항에 무사히 내렸다. 활짝 편 날개로 바람의 저항을 힘껏 받으며 물위로 미끄러지는 오리처럼 말이다. 비행기는 오전 10시 인천에서 출발해 지지 않는 해를 따라 구름 위로 꼬박 열네 시간을 날아왔다. 영호가 시각을 확인했다. 정오였다. 점심거리를 찾는 사람들로 뉴욕의 거리가 분주해질 지금, 한국은 새벽 1시쯤 됐을 것이다. 겨우 50대 초반임에도 이미 4선을 한 중진 국회의원과 동행한 길이었다. 그는 아버지의 지역구를 이어받은 보기 드문 정치 '엘리트'로 영호와는 겨우 다섯 살 차이였다. 영호는 그를 모시는 보좌관이다.

뉴욕 영사관에서 나온 직원이 보딩브리지 바로 앞에서 일행을 맞이했다. 그 직원은 패트리샤라고 자신을 소개했다. 그는 전체적으로 풍기는 인상이 재미교포인 듯했는데 유창한 한국어 실력이 놀라웠다. 세 사람은 단 한 번의 막힘없이 공항을 빠져나왔다. 의원은 가능한 빨리 호텔에 들어가고 싶어 했다. 오후에 별다른 약속이 없는 데다 2박 3일간의 짧은 일정이라 시차에 적응할 생각이 없는 모양이었다. 영호는 뒷좌석에 의원과 함께 있었는데 그가 잠든 걸 확인하고서야 엉덩이를 뒤로 주욱 빼고 편히 앉았다. 마침 차는 브루클린 브리지의 개선문 같은 큰 아치를 지나고 있었다. 따뜻한 가을빛을 만끽하려는 듯 다리의 중앙으로 길게 뻗은 보행자 통로로 수많은 관광객이 걸어가고 있었다. 영호와 그 일행을 실은 관용차는 호텔이 있는 맨해튼에 빠르게 진입했다.

영호가 처음 뉴욕을 찾은 것은 20여 년 전 대학원 1학년 여름방학 때였다. 영호는 한미 국회의원이 국가별로 각 열 명씩 추천하는 대학원생에 포함되어 상대편 나라를 탐방하는 '한미의회 교환학생 프로그램'에 참여했다. 한국 측 참여 학생들은 워싱턴 D. C.에 있는 미 의회의 하원의원실에서 3일 동안 인턴 생활을 마치고 동부에서 시작해 중부와 서부까지 한 달간 미국 전역을 여행했다. 영호는 학과사무실에 들어온 추천 자리에 지원해 간단한 영어 회화 테스트를 거친 뒤 참여하게 됐다. 영호의 첫 해외여행이기도 했다. 그때 영호를 추천해준 국회의원은 지역에서 4선을 하고 중소기업을 운영하고 있는 수백억대 자산가로 그 자산의 대부분은 부동산이었다. 그는 영호와는 일면식도 없었지만 그의 지역구에 영호가 다니던 대학이 위치해 있었기에 지역구 관리도 할 겸 평소 알고 지내던 교수에게 학생을 추천해달라고 요청한 것이었다.

교환 프로그램에 참여한 학생들 대부분은 국회의원과 직접적으로 연이 닿아 있었다. 영호가 토익에 나오는 회화 문장을 외워서 겨우 기본적인 의사소통을 할 정도였다면 다른 학생들은 거의가 현지인과 별 무리 없이 대화하는 수준이었다. 또한 그들의 옷차림을 봐도 왠지 요란하면서도 편안하게 느껴지는 미국식 매너가 스며들어 있었다. 워싱턴 D.C.에서 해야 할 일정을 마치고 도착한 행선지가 뉴욕이었다. 일행은 뉴욕에서 2박 3일간 머무르기로 했는데 뉴욕현대미술관(MoMA)에서 미술품을 감상하고 브로드웨이에서 뮤지컬 '오페라의 유령'을 보는 일정이 포함되어 있었다. 처음부터 끝까지 여정을 함께하며 안내를 해준 스캇은 남학생들에게 뮤지컬을 보러 갈 때 넥타이까지는 필요 없지만 정장 재킷을 입어야 한다고 말했다. 일행이 찾은 극장은 20세기 초에 세상에서 가장 높은 건물들이 앞다투어 뉴욕에 들어설 무렵 뮤지컬 공연을 위해 세워졌다. 3층으로 이루어진 실내는 특히나 고풍스러웠는데 따뜻한 오렌지색 조명을 받아 금박으로 된 장식이 빛났다. 빨간색 벨벳으로 만들어진 의자도 예전 그대로인지 해진 데다 다소 불편했지만 그런대로 운치가 있었다. 일행은 2층에 있는 좌석으로 안내를 받았다. 영호는 초등학생 시절 애니메이션을 단체로 관람하기 위해 갔던 대형 극장이 생각났다. 물론 그 극장은 지금은 사라진 지 오래다. 영호는 드레스 코드부터 실내장식까지 보고 나니 무엇인가 우아한 무대가 될 것이라 예감했다. 제목에도 오페라가 들어가 있지 않은가……. 그러나 곧 암전이 되고 무대조명이 켜지면서 영호의 예상은 무너졌다. 여주인공이 있는 밝은 무도회장이 깜빡하고 암전하는 순간 마술처럼 남주인공이 있는 지하 호수로 변하면서 남주인공이 배를 저어가며 노래를 부르는 식이었다. 그러다 어느 순간 관람석 천장에 달려 있던 어마어마한 크기의 샹들리에가 주 무대를 향해 관객의 머리 위로 쑹, 하고 날아갔다. 한순간도 긴장을 늦출 수 없는 다양한 무대효과……. 할리우드 블록버스터 영화가 2D의 스크린이 아닌 3D의 입체로 펼쳐지는 느낌이었다. 영호는 비록 짧은 영어 실력으로 극의 내용을 100퍼센트 이해할 수는 없었지만 그 시간을 충분히 즐겼다. 영호는 뮤지컬의 스케일에 압도되어 '역시 미국

그라운드 제로

이구나' 하고 감탄했다. 뮤지컬을 보고 나오자 이웃한 다른 극장에는 '미스 사이공' 간판이 걸려 있었다. 스캇은 저 뮤지컬에는 헬기가 등장한다고 했다. 영호는 충분히 그럴 수 있겠다고 생각했다.

영호를 포함한 남자 일행 중 몇 명은 호텔이 있는 타임스 스퀘어까지 가기 위해 좀 더 걷기로 했다. 뉴욕에서 보내는 마지막 밤, 화려하게 빛나는 간판과 1층 상점에서 새어 나오는 불빛으로 환하게 밝혀진 거리를 걸으며 모두 살짝 들떠 있었다. 그때 누가 먼저 가자고 했는지 기억은 안 나지만 커다랗게 'XXX'라고 빨간색 네온사인을 내건 극장에 호기심을 안고 다 함께 들어갔다. 어두운 실내에는 여닫이문이 달린 조그만 방이 다닥다닥 붙어 있었다. 시스템은 간단했다. 각자 방 안으로 들어가 의자에 앉아 구멍에 동전을 넣으면 한쪽 벽이 허리보다 위쪽에서부터 '드드드' 하는 기계음을 내며 올라갔다. 유리벽 너머 180도로 개방된 부채꼴 모양의 무대 위에는 여성 여남은 명이 춤을 춘다, 라고 하기보다는 가슴과 엉덩이, 몸의 특정 부위를 흐느적거리며 움직이고 있었다. 공연장을 찾는 손님들의 다양한 인종만큼이나 이 여성들의 인종 또한 다양했다. 영호는 낮에 미술관에서 본 피카소의 〈아비뇽의 처녀〉를 떠올렸다. 그림을 본 순간 영호는 학창 시절에 미술 교과서에서 본 명화를 실물로 확인하는 데서 오는 통쾌함과 사람 크기를 훌쩍 넘는 큰 화폭에 압도되었다. 그런데 그것은 지금 펼쳐지는 장면에 비할 바가 아니었다. 보라색, 빨간색, 파란색, 백색 등 여러 빛깔의 조명을 받으며 빛나는 다양한 피부 톤. 영호는 시각, 청각, 촉각에 이어 후각까지 온몸으로 전해져 오는 감각에 현실감을 찾을 수 없었다. 그 어디에서도 찾아보기 힘든 비교가 불가능한 공간이었다. 10분이나 지났을까, 벽이 기계음을 내며 다시 위에서 내려와 유리벽을 닫았다. 순간 영호는 방에서 나가야 할지 다시 동전을 넣어야 할지 망설였다. 문 밖에는 이미 많은 사람들이 기다리고 있었다. 영호는 다시 동전을 넣었다. 어두운 방 안으로 네온 불빛이 새어 들어오자 영호는 금세 빛에 휘감기는 느낌을 받았다. 영호는 다시 벽이 내려오고 나서야 방을 나왔다. 다른 일행들도 모두 놀란 눈빛을 감추지 못했다. 바깥으로 나온 영호는 뉴욕은 그 무엇이든 시스템을 갖추고서 그 끝을 보여주는 곳이라 생각했다. 바야흐로 이념의 시대가 저물고 역대 가장 왕성한 자본주의 시대가 시작된 20세기 말이었다. 모든 것이 시스템으로 갖춰진 맨해튼의 거리에서 영호는 이러한 확신이 들었다.

　'암이래……'

카톡 알림 소리에 영호는 침대에 누운 채 폰을 찾아 손을 뻗었다. 호텔에서 쉬겠다는 의원 덕에 덩달아 일찌감치 잠들었지만 깊이 못 자고 침대에서 뒤척이던 참이었다. 영호는 실눈을 뜬 채 아내 지희가 보낸 메시지를 본 후 시간을 확인했다. 새벽 4시. 서울은 열세 시간 빠르니 오후 5시가 넘은 시각이다. 영호는 카톡 창을 열어 답을 하려다 무슨 말을 해야 할지 생각이 나지 않아 그대로 침대에 누운 채 지희의 메시지를 응시했다. 어느 정도 예상하고 있었음에도 아내가 암이라는 것을 텍스트로 확인하고 나니 가슴 한편이 저리면서 답답해져오는 걸 느꼈다. 그 순간 다시 한번 카톡 알림 소리와 함께 아내에게서 연락이 왔다.

'지금 새벽이겠네. 좀 더 자고 아침에 연락 줘.'

영호는 곧바로 지희에게 전화를 걸었다.

"지금 옆에 누구랑 있어?"

영호는 고함치듯 큰 목소리로 말하고 있는 자신에게 놀라며 캄캄한 방에서 부스스 일어나 침대 끝에 앉았다. 흰 커튼 틈새로 맨해튼의 새벽을 알리는 푸른빛이 희미하게 새어 나왔다.

"응, 내가 깨웠네. 엄마랑 같이 있어."

영호는 잠시 머뭇거리며 침을 꿀꺽 삼켰다. 그 순간 전화기 너머로 장모님의 목소리가 들려왔다.

"자네, 어떡해. 빨리 와야 할 거 아냐."

조금 쉰 목소리로 흐느끼며 말했다.

"엄마, 왜 그래……."

이내 아내는 장모님에게서 전화기를 뺏어 들고 황급히 전화를 끊었다.

영호는 '미안해'라고 지희에게 문자를 보냈다. 5분이나 지났을까. 지희에게서 답장이 왔다.

'나, 내려가고 싶어.'

'그래, 내려가자. 이번에 서울 들어가면 그렇게 하자.'

영호는 그렇게 답변을 보내고 자신의 문자를 다시 확인했다.

'내려가자…….'

이렇게 쉽게 내려가자는 말이 나올 줄이야. 벌써 서울에 올라와 산 지도 근 20년이 되어간다.

'고마워.'

이번에도 천천히 지희에게서 답이 왔다.

영호는 학부생일 때 학생회 활동을 하면서 딱히 학점을 관리하거나 토익점수를 확보해놓지 않았다. 더욱이 군 복무를 늦게 한 덕에 정신없이 졸업을 했다. 사실 대학원을 간 것은 더욱 어려워진 취업의 문을 좀 더 시간을 가지고 두드려보

　　　　　　　그라운드 제로

기 위해서였다. 지방의 국립대를 다닌 덕에 학비는 그다지 문제되지 않았다. 1997년 IMF 구제금융 이후 얼어붙은 취업 시장의 여파가 해를 더할수록 심해졌다. 어느 순간 너나없이 좁은 취업 시장에 진출하기 위해 '스펙'을 쌓으며 악다구니를 쓰고 있었다. 그즈음 국회에서 보좌관을 하고 있던 학과 선배가 학과사무실을 통해 의원실 비서 자리를 추천했다. 4학년 학부생과 대학원생 서너 명이 관심을 보였다. 영호가 한 가지 맘에 걸렸던 것은 학부생 때 그토록 '독재타도'를 외치며 반대하던 당시 정부 여당의 국회의원이라는 점이었다. 선배는 자리를 희망하는 후배들을 만나기 위해 지방으로 내려왔다. 그 선배 또한 보수 성향의 다른 국회의원을 모시고 있는 중이었다. 영호는 선배가 해준 조언 중에서 특히 9급 비서에서 4급 보좌관까지 올라가는 꽤 괜찮은 직업이라는 점에 마음이 끌렸다. 의원의 임기는 4년이지만 보좌관의 임기는 의원의 의사에 따라 한 달이 될 수도 있다고 했다. 어떤 의원은 임기를 지내는 4년 동안 스무 명이 넘는 보좌관을 교체했다고 한다. 영호는 그 말에 왠지 더 의욕이 생겼다. 영호가 보좌관을 하겠다고 했을 때 자식의 취업을 걱정하시던 부모님을 빼고는 지인들 모두가 의아해했다. 다른 이도 아닌 보수 정당의 의원 밑으로 들어간다고 하니 대놓고 말하지는 않았지만, 영호는 그들의 시선을 통해 알 수 있었다. 가까운 이들은 무언가 나름 계획이 있을 거라고 여기고 더 이상 묻지 않았다. 아니, 그렇게 믿어줬으면 하는 마음이었다. 어차피 그즈음 영호는 토익이나 취업 상식 문제집 따위를 풀면서 도서관에서 혼자 시간을 보내고 있었다. 그러다 보니 지인들과는 자연스레 거리가 멀어졌다. 이제 영호는 본격적으로 사회에 나갈 준비를 하고 있었다.

　호텔에서 조식을 먹으며 영호는 의원에게 지희의 소식을 굳이 알리지 않았다. 이번 뉴욕 출장은 공식적으로 외교통상통일위원회 소속 의원 자격으로 온 것이었다. 그는 공식적인 자리에서는 영호를 '김 보좌관'이라고 깍듯이 직책을 붙여서 불렀지만 사석에서는 그냥 '김보'라고 부르기도 했다.
　"새벽 4시에 눈이 떠지던데? 김보는 잘 잤어?"
　"네, 저녁 8시에 방에 들어가자마자 바로 잤습니다."
　"응, 좀 일찍 가서 학교 캠퍼스 한 바퀴 둘러볼까?"
　"그러시죠. 영사관에서 9시 반까지 차를 호텔 앞에 대기시켜두겠다고 했습니다."
　영사관에서 보내온 차는 15분이나 빨리 도착했다. 사실 지하철로 세 정거장이면 갈 수 있는 거리였다. 조금은 번거로운 절차가 이번 뉴욕 출장이 공식적인 일정이라는 인상을 주었다. 영호는 방에서 영사관 직원이 보낸 문자 메시지를 확인하자마자 로비로 내려와 패트리샤를 만났다. 의원은 제시간에 로비로 내려왔다. 차는 가다, 서다를 반복하며 조금씩 그러나 확실하게 제 갈 길을 가고 있었다.

차 안에서는 끝이 보이지 않을 만큼 높은 빌딩들이 빼곡히 들어서 있었다. 그 덕에 거리에는 시간을 가늠할 수 없을 정도로 그림자가 깊게 드리워져 있었다. 그 그림자 덕에 한낮임에도 붉은색, 파란색 등 원색 네온사인이 더욱 도드라졌다. 차를 탄 지 10분이나 지났을까. 빌딩 사이로 한 블록은 충분히 넘는 텅 빈 공간이 나왔다. 그냥 비워둔 공간이라고 하기에는 앞 다투어 들어선 주위의 높은 빌딩들이 머쓱하게 보일 정도로 넓은 공간이었다. 그 평지에는 종류와 높이가 같은 나무가 줄을 맞춰 서 있었다. 그 사이로 허리 높이로 길게 이어진 검은 대리석 벽이 보였다. 그라운드 제로였다. 영호는 혼잣말로 "아, 많이 바뀌었네……" 하고 말했다. 의원도 관심을 보이며 고개를 뻗어 바깥을 바라보았다. 차 안에 타고 있던 네 명은 조용히 각자의 창밖을 주시했다.

영호는 그날 일을 지금도 생생히 기억하고 있다. 뉴욕 여행을 다녀온 이듬해였다. 저녁 늦게 도서관 시청각실에서 실시간으로 영어 뉴스를 들으며 공부를 하고 있을 때였다. 속

보 자막이 흐르면서 엄청난 양의 회색 연기를 내뿜고 있는 쌍둥이 빌딩이 보였다. 비행기가 날아와 부딪혀 빌딩이 불타고 있다는 내용이었다. 앵커가 목격자들의 증언을 듣고 있는 사이 어디서 왔는지 또 다른 비행기 한 대가 날아와 남쪽 빌딩에 그대로 부딪혔다. 비행기는 엄청난 화염을 내뿜으며 폭파되었고 건물 잔해가 사방으로 튀었다. 영호는 그제야 단순 사고가 아님을 느꼈고, 한순간도 TV에서 눈을 뗄 수가 없었다. 이후 한 시간이 채 안 되어 첫 번째 건물이 푹석, 하고 힘없이 주저앉았다. 이내 회색 분진이 사방으로 퍼져 오르면서 맨해튼은 먼지 구름에 완전히 잠겼다.

차는 어느새 캠퍼스에 이르렀다. 캠퍼스라지만 도로에 인접해 있다 보니 'NYU'라고 쓰인 깃발이 걸려 있지 않았다면 모르고 지나칠 법했다. 의원은 이곳 경영대학원에서 박사 과정을 마쳤다. 로비에서 영사관 직원이 안내 데스크에 이름을 대자 곧 두 명의 남자가 나왔다. 의원은 그중 나이가 지긋한 한 사람과 친분이 많은 듯 반갑게 인사를 나누었다. 의원의 지도교수였다. 나중에 안 사실이지만 다른 젊은 남자는 학교 행정 담당관이었다. 우리 일행은 의원의 지도교수 방으로 안내되었다. 교수의 방으로 들어서자 탁자에 어른 손바닥 크기는 족히 되는 큼지막한 초코칩 쿠키와 샌드위치 등이 있었다. 교수는 우리에게 커피 한 잔씩 따라주었다. 500밀리는 충분히 들어갈 만큼 큰 잔이었다.

"김 보좌관님, 그럼 한 시간 뒤에 1층 로비에서 만날까요?"

"네, 의원님. 근처에 있겠습니다. 언제든지 전화 주세요."

영호는 잠시 의원의 의도를 생각했지만 건네받은 커피를 들고 곧바로 패트리샤와 함께 교수 방을 나왔다. 아마도 사제 지간에 따로 사적인 이야기를 하고 싶었을 거라고 생각했다. 학교 바로 앞에는 키가 큰 나무가 빽빽히 들어선 넓은 공원이 차지하고 있었다. 영호의 발길이 자연스레 그쪽으로 향했다. 따뜻한 가을빛을 모두 흡수하기 전에는 떠나지 않겠다는 듯 모두들 공원의 벤치와 잔디에 최대한 깊숙이 앉아 있었다.

그날 밤 영호는 혼자 그라운드 제로를 찾았다. 7시가 조금 넘은 시각. 영호는 아직 시차에 적응하지 못하고 새벽에 잠을 설친 덕에 온몸에 감각이 없을 정도로 지쳤지만 지금 잠들면 새벽에 깨어나 다시 잠들지 못할 것 같아 최대한 깨어 있기로 했다. 호텔을 나와 발을 내딛었지만 마치 바닥에서 1센티 정도 붕 떠서 걷는 기분이었다. 고층 건물을 타고 내려오는 강풍에 영호의 머리카락이 춤을 추었다. 거리는 이미 사람을 찾기 힘들었다. 몇몇 관광객 무리가 어디론가 바삐 길을 걸어가고 있을 뿐이었다. 모두들 각자의 자리를 찾아 서둘러 맨해튼을 비웠다. 그라운드 제로는 호텔에서 차로 10분 거리지만 걸어서도 10분 거리였다. 영호는 낮에 보았던 검은 벽을 확인해보고 싶었다. 50여 미터 정도 되는 허리 높이까지 올라오는 검은 대리석 벽이 정사각형 모양으로 빙 둘러서 있었다. 벽으로 다가가자 10여 미터 높이로 움푹 파여 있었는데, 그 벽을 타고 마치 폭포수처럼 물이 흘러내리고 있는 게 보였다. 9. 11 테러로 쓰러진 쌍둥이 빌딩 터였다. 벽의 윗면에는 그날 희생된 사람들의 이름이 빼곡히 새겨져 있었다. 폭포수가 흘러 들어가는 가운데에는 가로, 세로 길이가 각각 10미터인 정사각형 모양의 검은 구멍이 있었다. 물은 깊이를 알 수 없는 그 검은 구멍으로 쉴 새 없이 흘러들어갔다. 구멍은 주위의 모든 중력을 빨아들이는 듯했다. 영호는 그것이 마치 우물 같다는 생각이 들었다. 거꾸로 흐르는 우물. 몇 시간이라도 그 검은 우물을 들여다볼 수 있을 것 같았다. 마음이 차분해졌다. 영호는 지희에게 전화를 걸었다. 두세 번의 신호가 가자 지희가 전화를 받았다.

"오늘 일은 다 끝났어?"

"응, 의원님은 호텔에 있고 난 잠깐 바람 쐬러 나왔어……. 의사는 뭐라고 그래?"

"가능한 일찍 수술 날짜를 잡자고 하네."

"그래? 여기서 하루 더 자고 서울 도착하면 일요일인데……."

"응, 괜찮아. 어차피 다음 주는 되어야 할 서야. 자기 오면 결정하겠다고 했어."

"무슨 결정……. 수술하자고 하면 해야지……."

영호는 왠지 모르겠지만 갑자기 울컥했다. 하지만 내색하면 안 될 것 같아 침을 삼키며 말을 이어갔다.

"근데 수술만 하면 되는 거야?"

"응. 일단 수술을 해봐야 얼마나 진행된 건지 정확히 알수 있대. 근데 전절제 수술을 해야 할지도 모른대. 정밀조사를 더 해보고……. 의사가 자기하고도 상의를 해야 한다고……."

'전절제라니…….'

영호는 지희가 말한 단어의 뜻을 바로 이해하지 못했다.

'가슴을 전부 자른다는 이야기인가…….'

"응. 너무 걱정하지 말고 곧 들어가니까 가서 이야기하자."

"그래. 자기도 너무 걱정하지 말고 일 잘 보고 돌아와."

"미안해……."

"뭐가?"

"나 때문에 고생만 하고……."

영호는 울컥 눈물을 쏟았다.

"무슨 소리야. 바보 같은 소리를 하고 그래."

영호는 지희가 숨을 멈추고 울음을 참는 것을 느꼈다.

"미안해, 자기야……. 금방 들어갈게."

영호는 서둘러 전화를 끊고 통곡하기 시작했다. 영호는 자신에게 와야 할 운명이 지희에게 갔다고 생각했다. 여러 우여곡절이 있었지만 지금까지 운 좋게도 자신이 계획한 대로 살아왔다. '하지만 이제 모든 게 끝난 것일까', '그동안의 시간은 무엇을 위한 것이었나?' 영호는 자신에게 화가 났다. '다른 길을 갈 수 있지는 않았나.' 영호는 후회와 눈물이 끊이지 않았다. 영호의 눈이 뜨겁게 부어올랐다. 그라운드 제로의 떨어지는 폭포 소리에 영호의 울음소리가 잠겼다.

뉴욕으로 출발하기 일주일 전 영호는 지희와 함께 대학병원을 찾았다. 지희는 영호에게 병원에 같이 가자는 말을 어렵게 건넸다. 평소 지희는 건강검진도 꾸준히 받아왔고, 별달리 아프다는 내색도 없었던 터라 처음엔 장모님에게 무슨 일이 일어난 줄 알았다. 지희는 오른쪽 겨드랑이 밑이 자꾸 뭉치는 느낌이 들어 동네 병원에 갔는데 큰 병원에 가서 진단을 받는 게 좋겠다는 소견을 들었다고 했다.

"왜? 무슨 일이래? 큰 병원을 가보라니."

"응, 혹시 모르니 좀 더 정밀검사를 해보는 게 좋겠

대……."

영호는 "그래, 병원에 가보자" 하고는 더 이상 묻지 않았다. 머리에는 스치듯 떠오르는 단어가 있었지만 입 밖으로 말하지 못했다.

인천공항에는 이 비서가 대기하고 있었다. 영호는 공항에서 의원을 배웅하고 지희가 있는 병원으로 향했다. 지희는 정밀검사 결과를 기다리며 입원한 상태였다. 입원실은 4인실이었다. 늦은 시각임에도 불이 환했다. 커튼을 걷자 환자복을 입고 누워 있는 지희가 보였다. 지희는 잠시 놀라는 눈치였다.

"공항에서 바로 오는 길이야? 집에 들렀다 쉬고 내일 아침에 오지 그랬어."

지희가 환자복을 입고 있는 걸 보니 이제야 실감이 나는 듯했다. 영호는 곧 속울음을 터뜨렸다. 왠지 큰 소리로 울면 안 될 것 같았다. 4인실의 침대는 모두 만석인 데다 보호자들까지 많은 사람들이 있었지만 병실은 조용했다.

"여기에 앉아."

지희는 담담히 영호에게 침대 옆 의자를 가리켰다. 영호는 동그란 의자에 앉았다.

"가능하면 빨리 수술하자고 하네. 정확한 건 수술을 해야 알 수 있대. 얼마나 전이되어 있을지, 얼마나 잘라야 할지……. 내일 정밀검사 결과가 나올 거야. 조금 있다가 저녁에 의사 선생님 회진 돌 때 만나보면 될 거야."

영호는 고개를 숙이고 조용히 듣고 있었다. 지희의 눈을 볼 수가 없었다. 무슨 말을 해야 할지도 알 수 없었다. 지희는 이제 어느 정도 병원 분위기에 익숙해진 듯했다.

내일 영호는 해외 출장을 다녀온 후라 하루 쉴 수 있다. 저녁에 의사는 지희가 들려준 이야기를 다시 해줬다. 40대 초반의 젊은 의사였다. 영호는 수술 받은 이후가 궁금했다. 어떤 치료를 더 받아야 하는지, 병원에 얼마나 더 있어야 하는지 하루 종일 담당 의사와 상담을 해도 모자랄 것 같았다. 하지만 영호는 아무것도 묻지 못했다. 그저 의사가 말하는 대로 또 하자는 대로 하는 것밖에 별다른 수가 없는 것 같았다. 지희는 한사코 영호에게 집으로 가서 쉬라고 했다. 영호는 집으로 가서 씻고 잠시 눈을 붙인 뒤 다시 병원에 가려다 아침까지 죽 자버렸다. 휴대폰 알림음에 소스라치게 놀라 확인을 해보니 이미 전화가 열 통이 넘게 와 있었다. 의원 사무실이었다. 박 보좌관이 보낸 문자에는 기사가 링크되어 있었다.

짧은 출장 기간 중에 의원 큰아들이 사고를 친 모양이었다. 나이트클럽에서 싸움이 일어나 피해자 한 명이 술병으로 머리를 맞아 다쳤는데 누군가 이들이 싸우는 장면을 동영상으로 찍어 SNS에 올린 것이다. 아직 수사 발표는 나지 않았지만 동영상을 본 영호는 어두운 조명 속에서도 병을 쥐고 있는 이가 의원의 큰아들임을 분명히 알 수 있었다. 영호는 곧 박 보좌관에게 전화를 걸었다.

"어디 경찰서지?"

"아, 보좌관님. 일어나셨어요? 일단 급한 대로 제가 가서 빼 오긴 했는데 피해자 측하고 합의를 해야 합니다. 이번 건은 금액이 좀 나올 듯합니다. 그보다는 영상을 내려야 하는데 너무 많이 퍼져서……."

"그보다는 신분이 안 나가게 입단속을 해야 할 텐데."

"네, 서장님 통해서 이야기해뒀습니다."

"다른 건……. 더 나온 건 없고?"

"네, 없습니다."

영호는 안심했다. 단순 폭력은 아무 문제가 되지 않는다. 영상은 경찰의 협조를 얻으면 얼마든지 지울 수 있다. 다른 문제만 불거지지 않는다면……. 이번이 벌써 세 번째다. 의원의 큰아들은 미국에서 대학을 다니다 중퇴한 뒤 빈둥대며 놀다가 아버지의 호출로 국내에 들어와 있었다. 의원은 아들이 가업을 잇기를 바랐지만 큰아들은 기업 경영에 관심이 없었다. 오후에 영호는 의원에게 호출되어 의원의 집으로 갔다. 의원의 서울 집은 강남에서 최고로 높은 주상복합 건물에 있었다. 아직 정기국회 기간이지만 의원은 큰아들이 조부모가 있는 지방에 며칠 내려가 있었으면 했다. 그는 박 보좌관과 함께 내려가겠다고 했다. `

영호는 의원의 집을 나오면서 엘리베이터 안에서 예닐곱 살 정도 되어 보이는 손녀의 손을 잡고 있는 한 할아버지를 만났다. 그는 인자한 미소를 지으며 영호에게 가볍게 목례를 했다. 영호는 하마터면 큰 소리로 인사할 뻔했다. 근 20년 만에 만났지만 그가 별로 늙지 않아서인지 금방 알아볼 수 있었다. 영호는 그의 이름까지 뚜렷이 기억났다. 그는 영호가 대학생 때까지 선거철만 되면 전단지나 선거벽보에서 보던 지역구 국회의원이었다. 그는 행정고시에 합격한 후 내무부에서 경력을 쌓고 1980년대 초에 치안본부장을 지냈다. 지역과는 연고가 없는 낙하산 공천으로 내리 3선을 하고 은퇴했다. 간편한 옷차림으로 보아 이곳에 사는 듯했다. 지역을 발전시킨 공로로 강남 최고의 주상복합 건물에 살 수 있게 된 것일까. 그는 이제 예전 지역구에는 지나치는 길이라도 가볼 일이 없을 것이다. 국회의원 배지는 그저 그가 생각할 수 있는 재산을 축적하는 최고의 방편이었을 것이다. 생각이 여기에 이르자 영호는 심한 배신감과 모멸감을 느꼈다.

영호는 의원실의 인턴으로 여의도 생활을 시작했을 때부터 하루에도 수십 명을 만났다. 그리고 곧 국회가 가진 힘을 느낄 수 있었다. 그들은 자신의 나이와 사회적 지위를 벗어나 인턴인 영호에게도 90도로 깍듯이 인사를 하며 악수를 건넸다. 그 덕인지 수많은 보좌관이 비위를 저지르고 불명예스럽게 자리에서 물러나는 것을 수도 없이 보았다. 영호는 자신이 그토록 반대해 마지않던 당에 몸담고 있다는 아이러니로 인해 보좌관 생활에 더욱 긴장감을 가질 수 있어 오히려 다행이라고 생각했다.

정기국회 때 보좌관 영호는 아침 7시에 출근해 의원이 발의할 법안 자료를 검토하는 것으로 시작해 당 정책위의 당정회의, 상임위 간사 보좌관과 하는 상임위 운영 관련 실무회의 등 하루에도 서너 건의 회의를 소화하고 국회 출입기자들을 상대하며 밤 11시가 되어서야 퇴근했다. 직급은 4급이지만 장차관을 만나 법안을 조율하기도 했다. 법을 만드는 실질적인 두뇌와 발로 뛴다는 생각에 보좌관 생활을 천직으로 생각할 수 있었다. 물론 영호는 '정치'에 동원되고 또 앞장서기도 했다. 선거철에는 샅샅이 상대방 후보의 약점을 잡아 네거티브 선거 전략을 짜야 했고, 의원들 사이에 물리적인 충돌이라도 벌어지면 먼저 몸을 던져 앞장서야 했다. 이러한 현실 정치만 잊고 살 수 있다면 국회 안은 너무나 평온하였다.

4년에 한 번씩 치르는 선거도 별 어려움이 없었다. 선대 때부터 다져온 튼튼한 지역 기반과 손에 꼽히는 재력으로 당안에서는 그 어느 누구도 공천권을 놓고 의원과 다툴 수 없었다. 의원은 가업으로 지방의 신문사까지 운영하고 있었으므로 철옹성을 쌓아둔 셈이었다. 영호는 언제든 여의도를 떠날 수 있다고 확신했으나 언제부터인지 자의로는 영원히 떠나지 않을 수도 있다고 생각하게 되었다.

영호는 의원 집을 나서서 바로 대학병원으로 향했다. 오전에 잡혔던 상담은 오후로 미뤄두었다. 외래 진료실에서 만난 젊은 담당의는 가능한 수술 날짜를 일찍 잡고 싶어 했다. 아직은 암이 많이 진행되지 않았지만 암세포가 오른쪽 가슴 여기저기에 퍼져 있어서 좋지 않은 케이스였다. 또한 유륜 방향으로 퍼져 있는 암세포 때문에 유두까지 제거해야 할 수도 있는데, 정확한 것은 가슴을 열고 수술을 해봐야 알 수 있다고 했다. 뭐, 이 정도는 늘 있는 일이라는 듯 흔들림 없는 사무적인 그의 목소리가 영호에게는 오히려 안정감 있게 다가왔다. 지희는 엑스레이, CT에 투명하게 찍혀 있는 자신의 가슴을 뚫어져라 쳐다보며 조용히 듣고만 있었다. 담당의는 건강한 조직을 최대한 살려보겠지만 전절제를 해야 한다고 했다. 전절제의 경우 재건 수술도 같이 하게 되는데 지희가 결정해야한다고 말하면서도 의사는 재건 수술이 당연한 듯 이야기했다. 유두는 성기의 일부를 잘라 재건한다고 했다.

"선생님, 재건 수술은 안 하면 안 되나요? 그냥 잘라내기만 하면……."

지희는 처음으로 담당의를 쳐다보며 조용하지만 또박또박 확실하게 말했다.

의사 선생님은 2, 3초간 침묵이 흐른 뒤 영호의 눈치를 살피며 말했다.

"되긴 하지만 혹시 재발 때문에 그런 것이라면 걱정 안 하셔도 됩니다."

지희는 의사의 눈을 피하며 시선을 아래로 향했다.

"수술 후 환자분의 삶의 질을 높이기 위해서도 저희 입장에서는 재건을 적극 추천합니다. 특히나 아직 젊으셔서……. 남편분과 충분히 이야기도 해보시고, 환우모임의 어머님들하고도 충분히 이야기해보시고 나서 마지막 결정을 해주세요. 아직 시간은 있으니깐."

지희는 담당의의 확신에 찬 말에 더 이상 말을 하지 못하고 고개만 살짝 끄덕였다. 영호는 그제야 가슴이 없는 지희의 가슴을 상상해보았다.

지희는 병실로 돌아오고 난 뒤에도 영호의 눈을 피했다. 영호는 지희의 눈치만 보고 있었다. 영호는 무슨 말을 해야 할지 도무지 떠오르지 않았다. 지희는 젊은 의사의 말에 상처를 받은 걸까 아니면 정말 가슴이 필요 없다고 생각하는 것일까. 어쨌든 영호는 지희의 결정을 존중해주고 싶었다.

"난 괜찮아. 자기가 원하는 대로 해."

잠깐의 정적이 흐르고 난 뒤 지희는 혼잣말하듯 조용히 말했다.

"뭘 잘라내고 또 만든다는 거야. 그렇게 하면 다 끝나는 거야? 다 예전처럼 되는 거야? 아무 일도 없었다는 듯 그렇게 되는 거냐구."

"난 상관없어. 자기 원하는 대로 해."

영호는 확신할 수 없었다. 그래도 그렇게 말해야 할 것만 같았다.

"정말 다들 왜 그래. 내 가슴이라고, 내 가슴! 내가 알아서 할 거라고!"

지희가 단말마적으로 소리를 질렀다. 병실에 일순 정적이 흘렀다. 영호는 지희의 눈을 살폈지만 더 이상 영호가 아는 지희가 아니었다. 영호는 지희와 살면서 싸운 기억은 물론 그렇게 큰 소리를 들어본 적도 없었다. 영호가 어찌해야 할 바를 모르고 우두커니 서 있으려니 중년의 한 환자가 조용히 병실 밖으로 영호의 팔을 잡아끌었다.

지방 출장을 다녀온 박 보좌관에게 듣기로는 의원은 부모님에게 호되게 혼이 났다고 했다. 자식 관리를 잘하지 못해서가 아니라 의원이 정계를 은퇴하겠다고 말했기 때문이었다. 의원은 이미 아내와 별거 아닌 별거 중인 상태였는데 큰아들의 교육을 위해 은퇴를 하겠다고 했다는 것이다. "우리 집안이 어떻게 쌓아온 집안인데 자식도 마누라도 제대로 간수 못하고 너 대에서 끝내려고 하느냐"라는 소리를 들었다고 했다. 그리고 얼마 지나지 않아 그 일이 터졌다.

동영상이 SNS에 오르내리자 각종 가십이 터져 나왔다. 결국 나이트클럽이 마약과 성매매의 온상으로 밝혀지면서 그 비호 세력으로 관할 경찰서가 지목되었다. 나이트클럽에서 벌어지는 온갖 범죄를 은폐하려는 대표적 사례로 이번 폭력 사태가 대두되었다. 단순 폭력으로 끝날 문제가 아니었다. 더 많은 일이 밝혀지는 건 시간문제였다. 의원은 전격적으로 정계 은퇴를 선언했다. 어쩌면 이보다 훨씬 전에 내렸어야 할 결정이었다. 의원은 진즉부터 정계를 떠나고 싶어 했으나 오히려 자식 때문에 현역에서 떠나지 못하고 있었다. 결국 아들 문제로 발목을 잡힌 셈이지만. 내리 3선으로 승승장구하던 당

내 소장과 젊은 의원이 일순간 몰락하고 만 것이다.

의원은 영호에게 어느 대기업의 임원 자리를 추천했다. 그 일도 결국 사람이 하는 일일 것이다. 어디를 가든 누가 누구 인지 파악하고 라인을 만나고 또 내 라인을 만들 것. 지금까 지 일하면서 조직생활의 기본을 신물이 나도록 체득했다. 어 딘가에 내가 할 일이 또 있을 것이다. 관련 부처에 로비를 하 고 또 국회 해당 상임위의 보좌관들과 의원들의 라인을 통해 로비를 하는 일. '이것도 내가 생각해둔 계획에 포함되는 것 일까?' 영호는 의원의 제안을 고사했다.

"김보, 거기 부채도 없는 알짜기업이야. 혹시 무슨 다른 자 리 알아봐둔 곳이라도 있어?"

"아닙니다. 자리를 추천해주셔서 정말 감사합니다. 하지 만 이참에 고향에 내려가서 아내 병간호도 하고 생각도 좀 정 리할까 합니다."

의원은 더는 묻지 않았다. 다만 언제든 자기가 도울 일이 있으면 연락하라는 말만 했다. 사실 영호가 원하면 다른 의원 실의 보좌관이나 당 정책 간사 등 여의도 내에서도 할 수 있 는 일이 많았다. 본격적으로 현실 정치에 뛰어드는 것에 대해 서도 생각해봤다. 영호는 보좌관으로 일하면서 자신의 이익 을 위해서 하는 일이 결국 공익을 위하는 일이라고 믿었다.

그라운드 제로

정치는 공익을 위해 자신의 손해를 감수하는 일이다. 원론은 그러했다. 무엇보다 이제 와서 자신의 신념대로 당을 선택하고 현실 정치를 한다는 것이 염치없는 일처럼 느껴졌다.

수술은 잘됐다고 했다. 오른쪽 가슴을 전절제하는 수술이었다. 담당 의사는 전이된 부위를 깔끔하게 잘 정리했다고 했다. 지희는 수술한 지 이틀 만에 퇴원했다. 영호는 지희가 좀 더 병원에 머물면서 편히 휴식을 취했으면 했지만 병원에서는 수술을 기다리는 환자들 때문에 입원실이 모자란다고 했다. 지희는 앞으로 수술 부위가 어느 정도 아물고 피부가 자리를 잡은 뒤 재건 수술을 받을 예정이다. 지희가 내린 결정이었다. 자세한 이야기는 듣지 못했지만 다른 환자들의 설득이 컸다. 지희는 몸도 마음도 빠르게 회복되어갔다. 지희는 미디어를 통해 의원의 소식을 듣고 영호가 걱정되었다. 하지만 예전과 달리 그냥 걱정하는 눈빛이 아니었다. 지희의 눈은 반짝이고 있었다. 자신의 삶을 사는 자의 눈빛이었다. 결코 이대로 끝내지는 않겠다는……. 담당 의사는 염증도 없고 경과도 좋다고 했다. 첫 외래 진료를 다녀온 뒤 지희는 이제부터는 자기 혼자 병원에 가겠다고 했다.

"자기도 이제 나가서 일 좀 알아봐야지."

영호는 "응"이라고 짧게 답했다.

영호와 의원은 뉴욕에서 돌아오기 직전에 모든 일정을 마치고 그라운드 제로에서 시작하여 하이라인을 걸었다. 화물을 실어 나르는 기차가 마차와 충돌해 교통사고가 빈번히 일어나자 시에서 이 철길을 2층 높이로 올려버렸다. 그리하여 만들어진 철길이 하이라인이다. 맨해튼의 고층 빌딩 사이를 헤집고 다니던 하이라인 위의 기차들은 과학소설에 나올 듯한 풍경을 만들었다. 수많은 이민자가 아메리칸 드림을 꿈꾸며 모여든 탓에 뉴욕이 런던을 제치고 세상에서 가장 인구가 많은 도시가 된 20세기 초에 일어난 일이었다. 한때 하이라인은 그 기능을 다해 방치되다가 철거 위기에 몰리기도 했지만 '힙한' 뉴요커들이 철길은 그대로 둔 채 나무를 심고 의자를 놓아 공원으로 만들었다. 철길은 폭이 4~5미터로 좁았지만 그 때문에 오히려 편안하게 느껴졌다. 사람들은 모두 어디에서 어디로 가겠다는 목적보다는 오직 산책을 하기 위해 하이라인을 걸었다. 맨해튼의 긴장감이 일순간 사라져버리는 듯한 마법 같은 산책길이었다. 영호는 의원과 나란히 가다, 서다를 반복하며 하이라인을 걸었다. 그때 영호는 의원에게 지희의 병에 대해 말했다. 의원은 큰아들의 기여 입학을 알아보았다고 말했다.

영호는 하이라인을 걸으며 '내려가자'라는 지희의 말에

대해 생각했다. 선뜻 동의하긴 했지만 아무런 계획이 없었다. 여기까지가 그의 계획이었다. 더 이상은 계획을 세울 수 없었다. 그건 지희도 마찬가지였다. 여의도에 처음 발을 들여놓았을 때, 그때는 정말 모든 걸 다 알았을까? 지금 알고 있는 것을 그때도 알았더라면 그렇게 선택할 수 있었을까. 그때는 최선을 다한 일이었지만 최상의 선택을 했다고 할 수 있을까. 영호는 이제 따로 계획을 세우지 않기로 했다. 마음 내키는 대로 그저 지금 이 순간 최선을 다할 뿐이라 생각했다. 하이라인은 길게 굽이치며 맨해튼을 가로지르고 있었다.

32
번가에서

파트리샤 박

여자는 제인과 만나기로 한 약속에 늦고 말았다.

'밥 안 먹었죠? 32번가에 가서 고기 먹을래요? 물론 내가 살게요.'

제인에게서 문자 메시지가 왔다. 여자는 제인을 별로 좋아하지 않지만 약속에 늦기는 싫었다. 특히 자기가 꾸물거린 탓에 늦은 게 아닐 때는 더 그랬다. 휴대폰 내비게이션은 약속 장소까지 정확히 28분 거리라고 안내했다. 여자가 다른 외국인 학생들과 함께 살고 있는 기숙사를 나선 것이 약속 시간 30분 전이었다. 하지만 96번가에서 갈아탄 다운타운행 2번 급행열차는 웬일인지 역마다 정차하고 있었다. 이 나라에 있는 다른 것들처럼 지하철 또한 서두르는 기색이라고는 눈곱

만큼도 없었다. 여자가 탄 지하철은 매 역마다 천천히 진입했다가 빠져나가면서 끔찍이도 느리게 운행했다. 목적지로 향하는 승객들의 다급한 마음 따위는 아랑곳하지 않았다. 요약하자면, 뉴욕 지하철은 정말 '눈치'라고는 없었다.

뉴욕에서 보낸 첫 한 달은 향수병을 앓을 새도 없이 순식간에 지나갔다. 모든 것이 새로웠고 하루하루가 모험의 연속이었다. 지하철역 매점에서 치약이나 샌드위치를 사고, 은행 계좌를 개설하고, 가을 학기를 등록하고, 수업을 듣는 모든 일이 그러했다. 신입생 설명회에, 외국인 학생 설명회를 허둥지둥 쫓아다니고, 수업 시간마다 자기소개 하랴, 스터디 그룹을 짜고 친구 사귀랴 정신없이 바쁜 나머지 향수병에 젖어 있을 여유라고는 없었다.

여자는 얼마 안 있어 이런 모험이 싫증 나기 시작했다. 토플 수험서를 비롯한 영어 교재는 생존에 필요한 표현을 하나도 가르쳐주지 않았다. 여자가 말을 버벅대고 있노라면 의료 보조원이나 은행 직원, 편의점 직원 할 것 없이 다들 슬슬 짜증을 냈다. 그럴수록 여자는 더 당황했다. 다른 외국인 학생들은 끼리끼리 공부 모임을 조직했고, 미국인 친구들은 그 오합지졸 중에서 영어를 자연스럽게 구사하는 이들을 선별했다. 그들은 여자가 알아들을 수 없는 농담을 했고, 여자는 머릿속을 맴도는 적당한 표현을 찾기만 하면 재치 있게 받아칠 것처럼 눈가에 주름이 잡히도록 웃었다. 하지만 여자의 어색한 연기는 별 효과가 없었다. 몇 주가 지나자 사람들은 여자를 위해 하나하나 번역해주는 일을 부담스러워하기 시작했다. 여자에게도 말뜻을 일일이 설명해달라고 하면 안 된다거나 다른 사람들을 불편하게 만들면 안 된다는 '눈치'는 있었다.

그렇게 처음 한 달이 지나고 또다시 한 달이 흘렀다. 한국에 있는 친구들은 하루가 멀다 하고 생일 파티를 하거나 노래방에서 밤늦게까지 노는 사진이나 분위기 좋은 곳에서 찍은 사진을 SNS에 올렸다. 휴대폰 사진 속에서 친구들은 하나같이 예쁘게 단장한 얼굴로 함박웃음을 짓고 있었다. 여자가 보기에는 친구들의 모습이 완벽하게 느껴질 정도로 행복해 보였다. 여자가 없어도 친구들의 삶은 순조롭게 굴러가는 듯했다. 적어도 기숙사에서 컴퓨터 앞에 웅크리고 앉아 외롭고 우울한 밤을 보내고 있는 여자에게는 그렇게 보였다.

여자에게는 새로 시작한 뉴욕 생활을 자랑할 만한 사진이 없었다. 굳이 자랑하자면 만들어서 올릴 수도 있겠지만 여자는 굳이 억지로 연출한 사진까지 올리고 싶지는 않았다. 지금으로서는 영어라는 언어로 힘들 뿐 아니라 뉴욕의 낯선 지역을 헤매고 다니느라 매일같이 골머리를 썩는 것 외에 별다른 계획도 없었다. 그런 와중에 제인과 연락이 닿은 것이다. 순간 고마운 마음이 들면서 울컥했던 것도 사실이다. 제인과 밥 먹는 내내 무슨 말을 해야 할지 고민하긴 했지만. 여자는 지하철 창문으로 밖을 힐끗 내다봤다. 59번가였다. 앞으로 세 정거장 남았으니 10분 늦은 셈이었다.

◇

"레이철!"

제인이 식당 앞에서 여자를 큰 소리로 불렀다. 그 이름을 듣자 여자에게 새삼 떠오르는 일이 있었다. 레이철은 여자의 진짜 이름이 아니었다. 그저 영어 학원에 다니던 친구들과 함께 본 미국 시트콤에 나온 주인공 중 마음에 든 이름일 뿐이었다. 그 친구들 중에 조이나 로스는 없었지만, 챈들러와 모니카도 있었다. 모두 그 시트콤에 나오는 이름이었다. 제인은 여자와 동갑이었는데, 그때 여자가 다니던 학원의 선생님이었다. 여자는 제인에게 한 번도 자신의 한국 이름을 알려주지 않았다는 게 생각났다.

MBA 과정 오리엔테이션 첫날, 여자는 자신을 '레이철'이라고 소개했다. 서양 친구들이 낯선 외국 이름을 발음하기가 힘들 거라고 지레짐작해서였다. 괜히 '눈치'를 본 것이다. 이제 와서 다른 이름을 알려주기에는 너무 늦어버렸다. 아이러니하게도 여자는 정작 미국에 와서 자신이 한국 이름으로 불리고 싶어 한다는 걸 알게 됐다.

제인은 레이철이 늦어서 조금 화가 났지만, 그런 내색은 하지 않았다. 대신 여자를 와락 끌어안았다. 제인의 기습 포옹에 여자는 뻣뻣하게 안겨 있었다. 여자는 고향에서 누구도 안아본 적이 없었다. 친구들과 만나면 반갑게 웃으며 활기차게 손을 흔들긴 했지만 이곳 사람들처럼 수시로 몸을 던져 인사한 적은 없었다.

제인이 포옹한 뒤에도 흥분해서 소리치며 요란한 환영 의식을 치르는 바람에 여자는 혼이 쏙 빠질 지경이었다. 그 바람에 제인에게 진짜 자기 이름으로 불러달라고 말할 기회를 놓치고 말았다. 그렇게 다시 한번, 여자는 '레이철'이 됐다.

"오랜만, 레이철!"

제인은 식당으로 들어가면서도 호들갑을 떨었다.

"그대로네, 그대로! 나이트클럽 가요? 그냥 고기 먹잖아요!"

여자는 웃음이 나오려는 걸 간신히 참았다. 제인은 한국말을 꼭 미국에서 태어난 여자의 사촌들처럼 했다. 이제 막 걸음마를 뗀 아기처럼 말이다.

"왜요, 레이철?"

여자의 표정을 알아챈 제인이 물었다.

"얼굴 왜 그래요?"

"아무것도 아니에요."

여자는 웃음을 억누르려 애쓰며 대답했다.

"제인 말투가 얼마나 귀여웠는지 이제 생각났거든요."

서울에 있을 때는 그렇게 귀에 거슬리던 제인의 한국말이 지금은 이렇게나 사랑스럽게 들리다니 스스로도 조금 신기했다. 그러다 문득 자기가 한국말을 얼마나 사무치게 그리워했는지를 깨닫자 마음이 조금 서글퍼졌다. 이렇게 순 엉터리 한국말을 듣고도 그런 생각이 들다니.

식당 안은 탄 고기에서 나는 기름 냄새와 매캐한 연기로 가득 차 있었고, 테이블마다 목청껏 떠들어대는 손님들 때문에 소란스러웠다. '거의' 한국에 있는 숯불고기 집에 온 것 같았다. '거의'. 왜 그런지는 정확히 알 수 없었지만, 분명히 미묘한 차이가 있었다. 아마도 이 고깃집의 규모가 어마어마한 데다, 직원들이 고기 접시를 들고 다니기 좋게 테이블과 통로 사이를 격자 모양으로 널찍하게 벌려놓았기 때문일 것이다. 이곳에서는 한국에서처럼 손님이 비좁은 자리에 끼어 앉거나 직원이 접시를 층층이 쌓아 올리고 아슬아슬하게 지나다니지 않았다. 미국식 고깃집에서 나는 소음은 서울에서보다 더 시끄러우면서도 이상하게 절제된 느낌이 있었다.

"두 명이요."

제인이 호기롭게 나서며 주문했다. 두 사람은 빈자리가 날 때까지 기다리라는 답을 들었다. 뉴욕 어디를 가든 항상 대기 시간이 있었다. 이윽고 두 사람은 출입문 바로 옆의 2인용 테이블에 자리를 잡았다. 제인이 식당 주인에게 볼멘소리로 말했다.

"여기 바람 너무 많아요. 자리 바꿔요?"

제인의 한국말 실력은 그때보다 나아진 것이 하나도 없었다. 달라진 점이 있다면 서울에 있을 때만큼 머뭇거리지 않게 됐다는 정도였다. 뉴욕에서는 서툰 한국말로도 부끄러워하는 기색 없이 뻔뻔하게 말하는 듯했다. 제인은 마치 한국어가 자기 모국어라도 되는 것처럼 거침없이 굴었다. 주인은 제인의 어색한 한국어에도 눈 하나 깜짝하지 않았다. 외국에서 태어난 한국 사람을 많이 겪어본 게 확실했다.

"어디 한번 보고요. 그런데 더 기다려야 될 거예요."

"제인, 괜찮아요. 이 자리도 좋은데요, 뭐."

여자가 눈치 빠르게 얼른 끼어들었다.

"정말요?"

제인이 묻자 여자는 다시 고개를 끄덕였고, 둘은 원래 자리에 앉기로 했다. 잠시 후 여자는 왜 제인이 자리를 바꾸고 싶어 했는지 알 것 같았다. 여자와 제인이 앉은 자리는 문 옆이라 외풍이 심했다. 식당 문은 앞뒤로 흔들리며 열렸다 닫히기를 반복했다. 크게 거슬리지는 않았지만 어쨌든 불편한 것은 사실이었다. 한국에서라면 여자에게 자리를 바꿔달라고 부탁하는 것쯤은 일도 아니었을 것이다. 어떻게든 제일 좋은 자리를 차지했겠지. 하지만 미국에서 그런 부탁을 하는 것은 여자의 언어 능력 밖의 일이었다. 여자는 어쩌다 외식을 하는 날이면 마음에 안 드는 자리에 앉게 되더라도 절대 불만을 내색하지 않았다.

여자는 메뉴판을 건네받았다. 메뉴판은 그동안 고깃기름에 얼마나 오랫동안 찌들었는지 반질반질했다. 여자는 서울을 떠나온 후로 한국 음식을 먹어본 적이 없었다. 코리아타운에 가서 혼자 씩씩하게 밥을 먹기에는 남의 시선이 신경 쓰였기 때문이다. 그래서인지 여자는 지금 이 순간이 꽤나 행복하게 느껴졌다. 어색한 침묵 속에 있는 게 아니라, 메뉴판을 살펴보고 뭘 주문할까 고민하는 순간을 보낸다는 것이 감사하게 느껴질 정도였다. 제인이 갈비 2인분과 해물파전을 시켰다.

"맥주, 소주, 막걸리 뭐로요?"

제인이 여자에게 물었다.

"당연히 소주죠."

여자가 경쾌하게 대답했다.

제인은 코를 싸쥐며 유난스럽게 굴었다.

"윽, 소주 어떻게 마셔요? 너무 지독해요! 난 맥주."

하지만 활기찬 대화가 오간 순간도 잠시뿐. 주문이 끝나자마자 둘 사이에는 어색한 정적이 감돌았다. 하기야 몇 년 만에 만난 사람들끼리 무슨 할 말이 그리 있겠는가. 여자가 공부하는 MBA 과정에서는 자신에게 얼마나 도움이 될지를 기준으로 사람을 평가하면서 '네트워크'를 형성하는 방법에 관해 배웠다. 학생들은 어떤 분야를 염두에 두고 있든 언젠가는 자신이 CEO가 될 것을 의심하지 않았으며, 그날을 준비하기 위해 학교 소모임에서 '네트워크 만들기'에 열중했다. 여자는 그들의 눈빛에서 번득이는 야망 같은 것을 느꼈다. 그런 이들에게 여자는 별 도움이 안 되는 사람으로 간주된 모양이었다. 첫 주가 지나자 더 이상 여자와 사귀려는 노력을 하는 사람은 아무도 없었다.

먼저 침묵을 깬 것은 여자였다.

"요새 뭐 하고 지내요?"

여자는 오랜만에 만난 사람에게라면 응당 이런 질문을 던져야 할 것처럼 자연스럽게 물었다. 사실 여자는 이 문장을 수도 없이 반복해서 연습했다.

"자산 관리요."

제인이 이번에는 영어로 대답했다. 이 단어를 한국 사람이 더 잘 알아들을 수 있게 어설픈 한국식 발음(프-로-퍼-티-매-

니-지-먼-트)으로 바꾸어 말하면 어쩌나 싶은 생각이 들자 여자는 움찔하며 얼른 말을 이었다.

"일은 어때요?"

곧 주문한 술이 나왔다. 둘은 서로의 잔을 채워주며 다시 대화를 이어갔다. 제인은 서툰 한국말로 집주인이 자산을 지킬 수 있게 돕고, 집주인과 세입자 사이를 '연결하는' 가교 역할을 한다고 설명했다. 손님이 들고나며 식당 문이 열릴 때마다 두 사람 사이로 칼바람이 몰아쳤다. 그 바람에 식탁 위에 놓인 냅킨이 펄럭거려 두 사람 사이를 붕 뜨게 만들었다. 가을이 막바지에 다다르고 있어서 공기는 서늘하다 못해 쌀쌀한 느낌마저 들었다. 뉴욕의 가을은 한국보다 훨씬 매서웠다. 여자는 겨울이 다가오는 것이 두려웠다.

잠시 후 주문한 갈비가 두 사람 앞에 놓였다. 2인분이라지만 네 명이 먹기에도 충분한 양이었다. 곧 식탁 위로 깍두기, 시금치무침, 상큼한 감자 샐러드처럼 익히 맛을 알고 있는 반찬이 한가득 차려졌다. 하지만 막상 젓가락으로 집어 한 입씩 먹어보니 맛이 하나같이 너무 자극적이었다. 역시 겉만 번지르르했다.

제인이 집게를 쥐더니 고기를 불판 위에 올렸다. 고기 굽는 소리조차 왠지 다르게 들렸다. 여자가 알고 있는 지글지글 익는 나지막한 소리가 아니라 치지지직 하는 더 요란하고 과

감한 소리가 났다.

"먹어요, 먹어."

제인이 여자의 빈 접시 위에 고기 몇 점을 덜어주었나. 여자는 고기를 된장에 찍어 상추 위에 올리고 야무지게 쌈을 쌌다.

"고기 맛이 다르네요."

여자가 맛을 음미하며 말했다. 여자가 평소에 먹던 고기보다 짭짤한 양념에 식감도 더 부드러워 고기는 씹자마자 사르르 녹아버렸다. 한국에서 먹던 고기는 살짝 누린내가 났고 달콤한 양념에 더 질겼는데 말이다.

"그렇죠?"

제인이 동의한다는 듯 신이 나서 대꾸했다.

"서울에서는 매일 돼지고기, 돼지고기. 소고기는 안 먹고요."

"없어서 안 먹은 게 아니잖아요."

여자는 약간 지나치다 싶게 방어적으로 얼버무렸다.

"비싸서 그랬죠."

"알죠."

언쟁을 무마하려는 듯 제인이 은근슬쩍 여자의 접시에 소고기를 더 덜어주었다. 오랜만에 소주를 곁들이니 고기가 술술 넘어갔다. 여자는 음식 앞에서 무장해제가 되는 기분이었다. 음식이 특별히 맛있어서라기보다는 배가 고팠기 때문이었다. 한 입 먹을 때마다 한국에서 먹던 맛과 끊임없이 비교했지만 계속 먹다 보니 원래 맛이 어땠는지조차 잊어버릴 지경이 되었다.

음식 때문인지 아니면 소주 때문인지 여자는 제인에게 자기도 모르게 슬슬 마음을 열고 있었다.

"얼마 전에요. 제가 샐러드를 시키려고 했거든요. 그런데 샌드위치가 나온 거예요."

여자는 곧 결정적인 농담을 터뜨릴 것처럼 애써 밝은 목소리를 내려고 했지만 속은 이미 부글부글 끓고 있었다. 제인에게 그 이야기를 털어놓으면서 정확한 날짜까지 말하지는 않았지만, 사실 바로 어제 겪은 일이었다. 오전 내내 공부하느라 지치기는 했지만 다들 어려워 쩔쩔매는 공식이나 수학 개념을 교재에서 얼마나 쉬운 영어로 설명해놓았는지 보고 있으면 신기하기만 했다. 여자는 도서관에 책과 공책을 가지런히 정리해두고 근처 식당으로 가서 줄을 서서 기다렸다. 줄은 식당 끝까지 길게 이어져 있었다. 마침내 여자에게 차례가 왔다.

계산대에 있던 직원은 줄곧 무시하는 투로 여자에게 되물었다.

"아가씨, 뭐라고요?"

여자는 남자의 짙은 피부색만 보고 과연 그가 자신보다 영어를 더 유창하게 할까 싶은 의심이 들었다. 하지만 착각이었다. 남자는 자신이 정말로 여자보다 우월하며, 하찮고 무력한 존재가 자기 시간을 낭비하고 있다는 표정으로 여자를 바라보고 있었다. 여자는 더 큰 목소리로 다시 한번 힘주어 말했다. 물론 목소리는 여전히 떨렸다.

"도대체 뭘 달라는 거예요!"

참다못한 남자 직원이 여자를 향해 버럭 화를 내며 소리쳤다. 그 소리에 너무 놀란 여자는 그만 이성을 잃고 말았다. 머릿속에서 끊임없이 동시통역이 일어나는 상황에 짜증이 밀려온 나머지 그나마 남아 있던 에너지마저 바닥이 나고 만 것이다. 뉴욕에 온 이후 잔뜩 날을 새우고 지내다 하루를 마칠 때면 어김없이 상실감에 빠졌으며, 밤새 잠을 뒤척인 탓에 아침에도 여전히 방전 상태였다. 언제 아무런 제약 없이 마음껏 생각했었는지 기억조차 나지 않았다. 두 번, 세 번 생각하지 않고도 완벽한 문장을 구사할 수 있었던 때가 언제였는지 아득하기만 했다.

심지어 여자는 한국말도 잘 생각이 나지 않았다. 한국에 있는 친구나 가족에게 이메일이나 문자 메시지를 보내려고 할 때면 한때는 입 밖으로 술술 나오던 단어가 한참을 고민해야 겨우 떠올랐다. 여자는 언어의 불확실성이라는 중간 지대에 끼어 옴짝달싹 못했다.

그러던 여자가 붐비는 식당에서 느닷없이 소리를 지르고 있었다. 목청이 터져라 고래고래 악까지 쓰면서. 여과되지 않은 영어 단어들이 날카로운 파편처럼 쏟아져 나왔다.

"아이 치-킨-샐-러-드! 와이 노 언더스탠!"

그 순간 주변에 있던 사람들이 여자를 미친 사람 보듯 했다. 사실이 그랬다. 여자는 이제 더는 견딜 수 없는 지경에 이르고 말았다.

결국 여자는 빈손으로 식당을 뛰쳐나왔다. 한국에 있는 친구들은 언어에 통달하면 말싸움에서도 이길 수 있다고 말했지만 지금 자신은 말싸움은커녕 망신만 당했을 뿐이었다. 기숙사로 돌아왔을 때 여자는 너무 진이 빠진 나머지 눈물도 나지 않았다. 바로 이때 제인에게 만나자는 연락이 온 거였다. 학기 초에 엠파이어스테이트 빌딩으로 견학 갔을 때 찍어서 올린 사진에 제인이 댓글을 단 것이다. 같은 과 학생들과 어울려 찍은 사진 한가운데에 환하게 웃고 있는 여자가 있었다. 말 그대로 다들 세상 꼭대기에 서 있는 것처럼 의기양양한 얼굴이었다. 사진은 미국인으로 완벽하게 조작된 여자의 새로운 정체성을 조심스럽게 드러내고 있었다.

'지금 뉴욕?!!'

제인 특유의 한국말로 사진 아래에 댓글이 달려 있었다.

'왜 말 안 하고요? 문자할게요!'

이 장면을 머릿속에 다시 떠올린 순간 미국산 갈비와 한국산 소주로 배가 불러오면서 굴욕을 겪은 순간들이 홍수처럼 밀려왔다. 한번은 여자가 '마감 할인 시간happy hour'에 관해 농담하려던 순간 김이 새버린 일이 있었다. 순간 찬물을 끼얹은 듯 어색한 분위기가 감돌았다. 과 친구들은 침묵이라는 잔인한 방식으로 여자를 무안하게 만들었다. 여자의 눈은 도움의 손길을 찾느라 미친 듯이 흔들리다 스테이시 김과 마주쳤다. 스테이시는 넓적하고 누런 얼굴이 보리밭을 연상시키는 시카고에서 온 교포였다. 그런데 여자의 간절한 눈빛을 알아차리지 못한 척하더니 이내 시선을 돌려버렸다. 차라리 눈이 마주치지 않았다면 좋았을걸……. 여자는 초라해진 자신의 모습에 더 화가 치밀었다. 그 사건 이후 여자는 사람들이 모이는 자리는 알아서 피했다. 아직 남아 있는 자존심이라도 지키기로 결심한 것이다. 여자는 기숙사에 틀어박혀 지내면서 서툰 영어 때문에 창피당하는 일은 만들지 않기로 굳게 마음먹었다. 사소하고 의미 없는 순간들이었지만, 이런 순간이 하루에도 몇 번씩 차곡차곡 쌓여 여자를 짓눌렀다.

제인은 별일 아니라는 듯 공중에서 젓가락을 휘저으며 말했다.

"겨우 그 정도 가지고 뭘 그래요? 한국에서 내가 무슨 일을 겪을 때마다 100원씩 받았으면……."

그러다 자신이 유창한 영어로 말하기 시작했다는 걸 문득 깨닫고는 다시 한국말로 이야기를 이어갔다.

"모두 실수하죠. 아무도 안 완벽해요."

"여기는 집 같지가 않아요."

여자는 살짝 혀 꼬부라진 소리로 중얼거렸다.

"나는요……."

"외롭죠."

제인이 다 이해한다는 듯 말을 받았다.

"외로워요."

여자는 소주 한 잔을 쭉 들이켜더니 제인이 한 말을 따라 했다.

"한국에서는, 항상, 걱정해요. 말을 꽤 못하니까."

제인은 어깨를 으쓱하더니 깔깔거렸다.

"뭐, 어때요? 필요한 말은 하니까요. 제일 중요하죠? 아닌가요?"

여자는 동의할 수 없었다. '당신이 입을 열어서 그 사실을 증명하는 것보다 남들에게 당신이 어리석다고 생각하게 두는 편이 낫다.' 이 표현을 어디에서 들었던 걸까? 여자는 남에게 자기 약점을 드러내는 부류가 아니었다. 그 교훈 역시 MBA 과정을 공부하기 훨씬 전에 배운 것이었다.

서울에서 제인을 만나면 왜 그렇게 성가시게 느껴졌었는지 알 수 없었는데 이제야 그 이유를 알 것 같았다. 어색함이 뻔히 드러나는 과장된 몸짓과 표정, 입만 열면 쏟아지는 귀에 거슬리는 한국말 때문이었다. 제인은 분노로 돌연 눈썹을 찌푸리다가 놀라거나 기쁠 때면 갑자기 눈썹을 치켜올리기도 했다. 그녀는 주변 사람을 모두 불편하게 할 정도로 자신이 느끼는 감정을 그 즉시, 솔직하고 정확하게 표현했다. 제인은 '일방적인 정보'의 의미를 이해하지 못하는 것 같았다. 그녀는 보란 듯이 뻔뻔하게 자기가 외국인이라는 사실을 드러내고 다녔다. 제인에게 단어의 미묘한 의미 차이를 일일이 설명해주기란 부담스러운 일이었고, 굳이 가르치고 싶은 생각도 없었다.

하지만 뉴욕에서 만난 제인은 별로 성가시지 않았다. 제인은 이곳에서는 정말이지 편안해 보였다. 사실 제인의 솔직함에서 특유의 매력마저 느껴질 정도였다.

"고백해요."

제인이 불쑥 말을 꺼냈다. 맥주 때문에 긴장이 풀린 듯했다.

"레이첼하고는 너무 불안해요. 당신 패션모델 같아요. 날 뭐라고 생각할까 항상 신경 쓰죠. 레이첼은 너무 완벽해요. 난 안 완벽한데."

마치 두 사람의 역할이 뒤바뀐 것 같았다. 지금 제인은 '완벽한' 영어로 자신에게 꼭 맞는 생활을 하면서 여자보다 저만치 앞서가고 있었다. 평범한 옷에, 허물없는 태도, 거침없는 동작과 제스처가 당당해 보였다.

소주를 마셔서 긴장이 풀린 중에도 여자는 자기 속내를 털어놓을 수 없었다. 대신 여자는 제인에게 이름의 철자가 특이한데 성이 무슨 뜻이냐고 물었다.

"한국 사람 대체로 영어로 발음 잘 못해요."

제인은 손을 내려다보며 말했다.

"여기서도 대체로 비슷해요. 다들…… 미국화되고 있으니까. '엘리스섬' 효과라고 하죠."

"무슨 뜻인지 모르겠어요."

여자는 초등학교에 다닐 때 역사 시간에 보트를 타고 유럽에서 온 이민자들이 정착한 곳이 엘리스섬이라고 배웠지만, 그 말에 담긴 속뜻까지는 알지 못했다.

"그러니까…… 백인들 발음하기 편하라고 당신 이름을 뺏는 거예요."

"명예를 실추시킨다는 말이군요."

여자의 담담한 말에 제인이 멍한 표정으로 여자를 바라봤다.

"무슨 말인지 몰라요, 레이철."

"아무것도 아니에요."

여자는 조금 남은 소주를 들며 자조 섞인 목소리로 중얼거렸다.

"내가 학원에서 미국 이름을 골랐을 때랑 똑같네요."

여자는 새 이름을 쓰면서 새로운 정체성이 생겼다. 당시 여자에게 그게 어떤 의미였든 여자가 미국 땅을 밟기 전부터 '미국인처럼 굴기' 위해 스스로 선택한 일이었다. 그리고 지금 여자는 이곳에 있다.

◇

밤이 깊었다. 내일 아침까지 남은 시간은 온통 희뿌연 안개처럼 느껴질 것이다. 여자는 저녁을 먹다가 무슨 일이 있었고, 두 사람이 어떻게 식당을 나왔으며, 오랜만에 만난 친한 친구처럼 서로 팔짱을 꼈는지 그런 모든 상황을 하나도 기억하지 못할 것이다. 노래방에서 두 사람이 '애국가', '나의 살던 고향은', '아리랑' 등 세상에서 제일 구슬프고 향수 어린 노래를 불렀다는 사실마저도. 하지만 내일 아침, 욕실 창문에 비친 초췌한 얼굴을 멍하니 바라보다 변기에 토하기 전에 머리칼을 뒤로 쓸어 넘기면서 여자는 이 사실 하나만은 기억할 것이다. 고깃집 탁자 너머로 몸을 깊이 숙인 그녀가 제인에게 진짜 자기 이름을 말해줬다는 것 말이다.

아임 파인, 땡큐

강민선

버스가 어둠 속으로 진입하자 승객들이 가방과 휴대폰을 주섬주섬 챙기기 시작했다. 포트 오소리티Port Authority 터미널에 도착한 모양이었다. 수연의 이어폰에서는 하이페츠가 연주하는 비탈리의 샤콘이 흘러나오고 있었다. 무채색 정장 차림을 한 승객들은 유니폼 같은 무표정으로 서슴없이 자리에서 일어섰다. 수연은 문득 버스 안에서 검정이나 회색이 아닌 노란색 원피스를 입은 사람은 자신뿐이라는 사실을 깨달았다.

버스에 타자마자 곯아떨어졌던 옆자리 남자도 주위를 두리번거리더니 발밑에 두었던 검은색 가죽 백팩을 집어 들었다. 그녀가 이어폰 줄을 챙기느라 미적거리자 남자는 핏발이 선 눈으로 얼른 내리라고 재촉했다. 문이 열리자 동시에 도착한 다른 버스에서도 사람들이 한꺼번에 쏟아졌다. 그들은 마치 과자 부스러기를 향해 돌진하는 개미 떼처럼 한눈팔지 않고 각자 자신만의 목적지와 하루를 향해 빠르게 움직였다. 거대한 지상 동굴 같은 그곳엔 커피와 오래된 버터, 세계 각지에서 온 사람, 묵은 시간의 냄새가 고여 있었다. 그녀는 구역질하지 않기 위해 숨을 꾹 참은 채 터미널을 빠져나왔다. 그리고 잿빛 하늘과 터미널 맞은편의 뉴욕타임스 간판을 보자마자 참았던 숨을 내뱉었다 다시 들이마셨다. 맨해튼 공기가 좋을 리 없었지만 갇힌 공간의 고인 냄새보다는 나았다. 이른 시간인데도 길은 시커먼 매연을 뿜는 차로 꽉 막혔고 이따금 예상치 못한 지점에서 경적이 튀어나왔다. 뉴욕타임스 빌딩 뒤로 삐죽 나온 대형 간판에는 커다란 귀걸이에 앙상한 어깨를 드러낸 모델이 누구의 시선도 끌지 못한 채 번쩍거렸다. 볼 때마다 간판과 모델이 바뀌었지만, 그것조차 익숙했다. 아무도 환영하지 않지만, 언제나 발 디딜 틈 없이 북적거리는 도시, 그녀 인생의 한가운데를 보낸 뉴욕이었다. 그녀는 결혼하고 뉴저지에 정착한 후로는 뉴욕에는 거의 나온 적이 없었다. 하지만 눈 감고도 지도를 그릴 수 있을 만큼 뉴욕, 특히 맨해튼은 손금을 보듯 훤했다.

"혹시 송수연 씨?"

아임 파인, 땡큐

지난밤, 그녀는 억센 남도 억양의 중년 여자가 확인하는 한국 이름이 낯설어 잠시 머뭇거렸다.

"Yes."

"최용자 씨 딸 맞죠? 한국말 이해할 수 있죠?"

마음 같아서는 전혀 알아듣지 못한다고 말하고 싶었지만, 여자는 그녀의 마음을 알아채기라도 한 듯 빠르게 말을 이었다.

"최용자 씨가 지금 아파요. 많이 아픈 것 같아요."

차가운 기운이 등줄기를 따라 흘러내렸다. 최용자. 알고는 있었지만, 마치 모르는 사람처럼 멀게 느껴지는 그녀의 엄마의 이름이었다.

"죽는대요?"

여자는 할 말을 잃은 모양인지 한동안 아무 소리도 내지 않았다. 여자의 깊은 한숨 소리가 전화기를 통해 고막을 파고들었다.

"그럴지도…… 몰라요. 네, 죽을 거예요. 그럴 것 같아요. 최용자 씨는 우리 집에서 하숙하는데……."

여자가 말하려는 내용의 요지는 자기 소유의 집에 사는 최용자를 자신이 책임지거나 송장을 치우는 일은 하고 싶지 않다는 것이었다. 최용자가 죽을병에 걸렸는데 네 엄마이니 딸인 네가 책임지라는 뜻이었다. 전화를 끊고 수연은 밤새 거실을 서성거리다 주방 창문에 붉은빛이 번질 즈음 뉴욕행 고속버스를 탔다.

용자가 있는 방으로 안내해준 사람은 베트남 여자였다. 자그마한 몸집에 긴 생머리를 늘어뜨린 여자는 얼핏 보면 20대 초반처럼 보였지만, 눈 주변이나 입가에 파인 주름을 보니 40대로 보이기도 했다. 여자의 설명에 따르면 큰 방은 세 명이서 같이 지내고 최용자는 가장 작은 방에 혼자 살고 있다고 했다.

"미세스 초이는 조금 있으면 일어날 거예요. 난 티나예요. 미세스 초이랑 우리는 친구예요."

여자의 영어는 강한 베트남 억양 때문에 마치 어린아이가 줄임말을 빨리 말하는 것처럼 들렸다.

"미세스 초이가 많이 아파요. 그래도 딸이 와서 다행이에요."

그녀가 안도하는 모습에는 집주인이 은연중에 내비친 짜증과 조바심 같은 감정이 들어 있지 않았다. 티나가 가리킨 방문은 다른 문보다 높고 폭은 그녀의 한쪽 팔 길이보다 좁았다. 여자는 수연의 표정을 보더니 원래는 방이 아니고 복도 끝에 남은 공간이었는데 문을 달아 방으로 개조한 것이라고 설명했다.

아임 파인, 땡큐

"주인은 돈에 지독한 사람이에요."

티나는 고개를 절레절레 흔들었다. 어둡고 비좁은 방에 가구라고는 트윈 베드와 서류가 수북이 쌓여 있는 휴대용 컴퓨터보다 조금 큰 플라스틱 탁자와 의자 하나가 전부였고 시큼하면서도 알싸한 냄새가 공기 중에 떠돌고 있었다. 수연은 그것이 김치 냄새라는 걸 단박에 알아차렸다. 순식간에 혀 아래에 침이 고였다. 용자는 벽을 향한 채 잠들어 있었다. 스프링이 꺼진 매트리스에 파묻힌 용자의 몸집은 수연의 다섯 살 난 딸아이와 비슷해 보일 정도로 작았다. 그녀는 어둠 속에서 엄마가 일어나기를 기다렸다. 수연은 이 상황이 혼란스럽고 불편했다. 절연한 부모가 나타나는 이야기, 죽음 직전이나 폐인이 되어 나타나 자식에게 기대는 부모 이야기. 한국 드라마에 숱하게 나오는 흔한 이야기 아닌가. 수연은 의자에 앉아 남편에게 문자를 보내 아이 픽업 시간을 다시 한번 확인시켰다.

'만났어?'

'아직.'

휴대폰 진동 소리가 유난히 크게 들린다 싶더니 용자가 끙, 소리를 내며 몸을 일으켰다. 그녀는 의자에 앉아 있는 딸을 힐끔 곁눈질하더니 혈관과 마디가 불거진 마른 손으로 머리를 매만졌다.

"왜 왔어?"

"오고 싶어서 온 거 아니야."

용자의 무뚝뚝한 첫 마디에 수연 역시 툭 내뱉었다.

"내 꼴 구경하러 왔니? 그럼 봤으니 그만 가."

용자는 다시 침대에 누우며 이불을 뒤집어썼다.

"알았어."

수연은 자리에서 일어섰다. 6년 만에 만난 딸에게 어떻게 지냈냐는 인사 정도는 해야 하는 것 아닌가. 하지만 사실은 그녀도 무슨 말부터 해야 할지 몰랐다. 엄마를 다시 만나면……. 문득 그런 상상을 하다가도 죽을 때까지 다시는 만나고 싶지 않다고 생각했었다. 눈앞이 핑 돌며 다시 구역질이 올라왔다. 그녀가 손으로 입을 틀어막으며 허리를 숙이자 용자가 재빨리 일어나 방문을 열었다. 바깥의 신선한 공기를 쐬자 오심은 금방 멈췄다.

"임신했니?"

수연은 대답 대신 용자를 쏘아보았다.

"나도 너 가졌을 때 바람만 먹고 열 달을 살았다."

몇 년 만에 보는 용자였다. 한 번도 가깝다고 느낀 적은 없었지만, 살가죽만 겨우 남은 행색을 보니 코끝이 아려왔다. 두드러지게 튀어나온 빗장뼈와 바싹 말라 금방이라도 부서질 것 같은 파마머리에 움푹 파인 눈꺼풀과 푸른색으로 물이 빠진 아이라인 문신 때문에 용자는 환자보다는 미라처럼 보

아임 파인, 땡큐

였다.

"왜 이렇게 살고 있어?"

수연의 질문에 용자의 입술이 굳게 잠겼다. 대답을 듣기 위한 질문은 아니었다.

"그럼 죽니, 누구처럼?"

'누구'라는 단어가 살갗을 찔렀다. 용자가 누구를 말하는 지 수연은 잘 알았다.

"엄마! 어떻게 하나도 안 변했어?"

수연의 비난에 용자의 흰자위가 어둠 속에서 희번덕거렸다.

"아직도 폴 얘기하는 거냐? 그깟 카레 냄새나는 상놈 때문에 나랑 인연을 끊고는 학교도 그만뒀으면서 아직도 그 타령이야? 다른 남자랑 한 이불 덮고 자면서, 뱃속에 다른 놈 자식을 담고 있으면서도 아직도 그놈을 못 잊은 거냐고? 내 앞에서 그놈 얘기하려면 가!"

수연은 두 손으로 가방 손잡이를 꼭 쥐었다. 마주 선 여자의 어깨가 빠르게 오르내렸다.

"나, 갈 거야."

수연이 방을 나가려고 하자 용자가 불쑥 서류 뭉텅이를 내밀었다.

"무슨 말인지 좀 봐라."

두꺼운 종이 뭉치는 병원과 보험회사에서 온 영수증과 청구서 등이었다.

"나 없는 동안 어떻게 살았어? 어차피 내가 설명해도 모르잖아."

수연에게는 서류에 있는 전문적인 내용을 한국말로 옮길 실력이 없었다. 고작해야 초등학교에서 멈춘 한국말 실력이었다. 일상적인 가벼운 대화는 나눌 수 있어도 공식적인 서류는 수연의 능력 밖이었다.

"하나하나 풀어서 얘기하면 되잖아."

용자는 일을 끝내기 전에는 절대로 놓아주지 않겠다는 듯 딸의 팔을 움켜쥐었다.

수연에게는 익숙한 상황이었다. 그녀는 오랜 시간 부모의 눈과 귀와 입이었다. 미국에 오자마자 어린 수연은 집안의 모든 일을 처리해야 했다. 전화를 신청하는 일부터 은행 업무, 나중엔 아빠의 장례까지 모두 그녀의 귀와 입을 거쳐야 했다. 부모를 대신해 따지고 싸우는 일은 어린 그녀에게 몹시 난감하고 피곤한 일이었다. 수연은 왜 엄마, 아빠가 화가 났는지 알 수 없었고, 상대방에게 왜 화를 내야 하는지도 몰랐다. 시간이 꽤 흐른 뒤에야 그것은 손해 보지 않기 위해 부모가 일을 처리하는 방식이었을 뿐 그녀가 굳이 화를 낼 필요가 없었다는 걸 알게 되었다.

폴은 카레를 먹지 않았다. 강황과 커민 등의 향신료를 섞어 만든 인도식 카레를 먹으며 자란 그는 음식 냄새에 민감했다. 그는 자신에게서 카레 냄새가 나지는 않는지 늘 신경 썼고 하루에도 몇 번씩 샤워했으며 자주 자신의 겨드랑이에 코를 대고 킁킁거리곤 했다. 수연은 그의 그런 버릇을 싫어했고 그는 냄새를 맡다가 들키면 머리를 긁적이며 어깨를 움츠렸다.

"인도 음식은 우리 부모님에겐 본능처럼 자연스러운 일이야. 부모님은 카레를 먹는다는 인식조차 하지 못하시거든. 하지만 나는 유치원에 들어가면서 알았지. 나에게선 다른 아이들과 다른 냄새가 난다는 것을. 아마 그때부터였을 거야. 내가 카레 냄새를 싫어하게 된 것은."

그럴 때면 수연은 그의 품에 얼굴을 깊이 묻고 폴을 안심시켰다.

"아무 냄새 안 나. 정말이야. 걱정하지 마."

사실이었다. 그에게선 청량한 박하 향과 버터 냄새를 닮은 그의 살냄새만 났다. 그는 손을 들어 그녀의 긴 머리카락을 쓸어내리며 말을 이었다.

"내가 숨을 쉴 때마다, 한 걸음 뗄 때마다, 하다못해 글씨를 쓰기 위해 연필을 잡는 순간에도 나를 이루는 세포가 카레 냄새를 뿜어내는 것 같았어. 학교 끝나고 집에 가면 카레 먹기 싫다고, 인도 음식 먹고 싶지 않다고 얘기했지만, 부모님은 그게 무슨 말인지 이해하지 못하셨어. 인도 음식이 건강에 좋다, 햄버거와 피자는 기름지고 몸에 나쁘다고만 하셨지. 우리 부모님은 미국에서도 인도 사람들만 상대하니까 아마 죽을 때까지 모르실 거야."

폴은 자기 부모가 인도 사람들이 모여 사는 동네에서 인도 식자재를 파는 작은 가게를 운영한다고 했다. 손님들 역시 인도 사람이었다. 그는 이웃도 대부분 인도 사람인 동네에서 자랐다. 어머니는 이마 가운데에 붉은 점을 찍고 다홍색이나 노란색의 비단 사리를 즐겨 입으며 가족을 위해 번거로운 인도식 저녁을 차렸고, 아버지는 집에서 손가락 하나 까딱하지 않는 전형적인 인도 남자였다. 그들은 인도에서 높지 않은 신분 때문에 겪는 차별과 수모를 견디기 힘들어 고향을 떠났는데 신분에 대한 열등감 때문에 폴의 아버지는 자식을 의사로 만들고 싶어 했다.

"말이 된다고 생각해? 피를 무서워하는 채식주의자가 어떻게 의사가 되겠어?"

수연은 그의 말을 완전히 이해할 수 있는 몇 안 되는 사람 중 한 명이었다. 어렴풋한 기억 속에 자리한 수연의 아버지 역시 돌아가시기 전까지 집안일은 절대 하지 않는 사람이었고 술에 취하면 불콰한 낯으로 고향 전답이 조상 대대로 내려오는 재산이라고 허세 떨던 사람이었다.

"아, 우리 고향에선 말이지, 우리 아버지 땅을 밟지 않으면 어디에도 갈 수 없었다니까. 우리 할아버지가 땅 욕심이 많아서 여기저기 사놓으셨거든. 그 땅만 팔면 우리 수연이 뒷바라지해서 변호사로 만들 거야. 내가 지금은 이 모양으로 살지만, 우리 수연이가 다시 우리 집안을 일으킬 거라고. 애가 지기 싫어하고 욕심이 많아서 변호사가 아주 '딱'이라니까."

수연은 어렸어도 아버지의 말이 대부분 허무맹랑한 말이라는 걸 잘 알았다. 수연은 술에 취해 소파에 잠든 아버지의 비굴하면서도 초라한 등을 볼 때마다 냉랭한 마음과 함께 분노가 치밀었다. 그 당시 용자는 뉴욕의 살인적인 물가와 월세를 감당하기 위해 한식당과 한인마켓에서 일하면서도 집안일과 남편의 술 시중까지 들어야 했다. 수연은 용자가 지긋지긋해하면서도 남편에게 불평하는 것을 한 번도 본 적이 없었다. 용자는 해마다 11월이면 귀퉁이가 떨어져 나간 작은 사기 욕조에서 김장을 했고 일주일에 두어 번은 모기향처럼 동그랗게 말린 전기 레인지 위에 뚝배기에 담긴 된장찌개를 안쳤다. 아버지가 돌아가신 후에도 엄마는 추수감사절 연휴마다 김장을 했고 추운 바람이 불면 된장국을 끓였다.

"우리 가족은 나한테는 카레 냄새 같아. 끊으려고 해도 달라붙어서 절대 떨어지지 않거든."

연휴가 끝나고 개학을 맞아 돌아온 그에게선 삭힌 양파

같은 마살라 냄새가 희미하게 풍겼다. 그는 분명히 집을 나서기 전에도, 그녀를 찾아오기 직전에도 세정력이 강한 비누와 박하 향이 나는 샴푸로 머리를 감고 샤워를 했을 것이다. 그러나 그의 피부에 밴 향신료 냄새는 언제나 수연에게 그 정체를 들키곤 했다.

'이번에도 엄마에게 졌구나.'

폴은 간혹 집에서 만든 인도식 만두 '사모사'를 가져오기도 했다. 그의 어머니가 만든 고기 없이 으깬 감자에 양파, 강황, 수연이 잘 모르는 향신료가 잔뜩 들어간 사모사는 맥주 안주로 먹기에 좋았다. 처트니 소스나 이름을 알기 힘든 달짝지근한 소스를 찍어 먹으면 수연은 잠시나마 그의 가족이 된 것 같았다. 그때 폴과 수연은 법적으로 술을 마실 수 없는 나이였지만 맥주가 목을 넘어갈 때 느껴지는 짜릿함과 속에서 퍼지는 달콤한 뜨거움을 둘은 이미 알고 있었다. 소파에 나란히 앉아 전자레인지에 데운 사모사를 집어 먹으며 마켓에서 특가 세일로 파는 맥주를 마시던 그는 이제 없다. 검은 곱슬머리에 오후가 되면 거뭇한 수염이 올라오던 그의 사각 턱, 반짝이는 까만 눈동자와 굳게 다문 고집스러운 입매. 수연의 기억 속에서 그는 여전히 스물세 살이다. 눈을 감으면 마르고 긴 팔을 흔들며 성큼성큼 걸어오던 그가 떠오른다. 평온한 날들 가운데 스물셋의 나이에 그는 의문만 던져놓고 떠났다.

고속버스에서 내렸을 땐 이미 오후 7시가 넘었지만, 한낮의 열기가 가시지 않은 주차장은 여전히 뜨거웠다. 실내가 너무 뜨거워지지 않도록 나무 아래 세워둔 수연의 차는 엄마 잃은 아이처럼 먼지를 뒤집어쓴 채 덩그러니 서 있었다. 남편은 아이에게 저녁을 먹였다거나 이제 씻겼다는 등의 사소한 문자를 계속 보냈다. 대놓고 말하지 않아도 그것이 빨리 돌아오라는 채근이라는 걸 수연은 알고 있다. 수연은 웃지 않았지만, 빙그레 웃는 노란 스마일 이모티콘으로 답했다. 차창 밖으로 스치는 풍경이 이상하게 낯설었다. 나지막한 건물들, 쉼표 같은 공터, 한적한 도로, 비슷한 모양의 주택과 잔디가 깔린 앞마당. 수연은 뉴저지로 이사한 지 5년이 넘었지만, 마음 한구석은 늘 계약 기간 만료일을 앞둔 세입자처럼 마음이 떠 있었다. 수연이 그런 말을 하면 남편은 한쪽 눈을 살짝 찡긋거리며 비밀을 말하는 사람처럼 소리를 낮췄다.

"그건 당신이 실패한 뉴요커라서 그래."

그는 농담으로 한 말이었겠지만 어쩌면 그건 사실일지도 모른다. 수연은 입술로는 그를 따라 웃었지만 넘어가는 침은 쓰디썼다. 동네 어귀에 들어서자 마주 보는 두 언덕 사이에 오목하게 자리 잡은 동네가 환타에 잠긴 것처럼 온통 오렌지색이었다. 용자가 꺼낸 이름 때문인지 아니면 가슴 깊이 담고 있던 기억 때문인지 갑자기 목이 죄어오며 눈물이 무릎 위로 떨어졌다. 노란 치마에 짙은 얼룩이 동그랗게 번졌다.

그날, 수연은 검은색 미니드레스를 입고 석양의 붉은 빛
이 가시지 않은 워싱턴 스퀘어 야외무대에 앉아 있었다. 폴의
부모가 있는 버지니아에서 장례식을 치르고 라과디아 공항에
서 돌아온 직후였다. 초여름 저녁의 워싱턴 스퀘어는 분주했
다. 수풀 사이에서 마리화나 태우는 연기가 피어올랐고 그녀
앞에 앉아 있는 연인은 입술을 맞댄 채 떨어질 줄 몰랐다. 야
외무대 한쪽에서는 청년 세 명이 보이지 않는 줄다리기를 하
고 있었고, 레게머리를 한 갈색 피부의 마른 남자는 눈이 풀
린 채 서성거리며 아무도 귀 기울이지 않는 노래를 했다. 수
연은 그들 사이에서 흐느끼고 있었다. 누구도 그녀를 쳐다보
지 않았다. 온통 자기 세계에 빠진 사람들로 가득한 그곳에서
는 그녀가 통곡한들 아무도 관심을 두지 않을 것이다. 그녀는
당시 스물세 살이었고 가장 소중한 사람을 땅에 묻고 온 후였
다. 장례식장에서 그녀는 관 속에 누워 있는 그를 확인하고도
실감이 나지 않아 그의 친구들과 눈을 맞추며 고개를 저었다.
그가 아니라고, 폴이 아니라고……

폴의 어머니는 장례식 내내 붉은 눈으로 수연을 싸늘하게
노려보았다. 그녀는 폴을 닮은 크고 아름다운 눈으로 수연을
원망하고 있었다. 아마 그의 죽음을 수연의 탓으로 여기는 모

양이리라. 수연은 내가 아니라 당신이 억지로 먹이던 망할 놈의 카레 때문이라고 그녀에게 소리치고 싶었다. 그리고 그의 아버지에게는 적성에도 맞지 않는 의사가 되길 강요했기 때문이라고 따지고 싶었다. 파랗게 질린 수연과 울먹이는 폴의 모친 사이에 위태로운 긴장감이 탁구공을 튀기듯 오갔다. 결국 터진 건 아들을 잃은 어머니였다. 묘지 앞에서 그녀는 주변에서 만류하는데도 수연에게 알 수 없는 언어로 고함을 쳤다. 그 처절하고 격렬한 절규는 누가 통역해주지 않아도 수연을 향한 원망과 저주라는 것을 알 수 있었고, 그것은 칼과 화살이 되어 수연의 온몸에 꽂혔다. 그녀는 자리에 주저앉았지만, 울진 않았다.

예고 없는 이별은 잔인했다. 왜, 라는 질문이 머릿속에서 내내 떠나지 않았다. 얼마나 곱씹었는지 그에 관한 마지막 기억이 너덜너덜해질 지경이었다. 나중엔 어디부터 사실이고 어디까지가 상상인지 그녀 자신조차 구별할 수 없었다. 수연은 '만약'과 '했더라면' 사이에 무수한 단어를 집어넣으며 그가 죽은 이유를 유추했다.

마지막 토요일 저녁, 폴과 수연은 영화를 볼 계획이었다. 함께 보기로 한 영화는 수연의 취향이 아니었다. 지루할 게 분명했고 연일 계속되는 숙제와 토론에 심신이 지쳐 끝까지 볼 자신도 없었다. 하지만 폴이 기다려온 영화인 데다 토요일은 그의 생일이었기에 수연은 기꺼이 티켓을 예약했다.

오후부터 비가 세차게 내렸다. 수연은 극장 유리문을 통해 바닥에 날카롭게 꽂히는 장대비를 바라봤다. 젖은 카펫 위로 팝콘 냄새가 은근하게 퍼졌다. 수연은 미리 사놓은 팝콘과 다이어트 콜라에는 손도 대지 않고 로비의 차가운 의자에 앉아 그를 기다렸다. 상영이 시작되자 몰려들었던 사람들도 점차 줄어들고 로비에는 그녀밖에 남지 않았다. 팝콘을 팔던 빨간 머리의 소년이 다가와 그녀에게 괜찮은지 물었다.

"괜찮아요."

그때만 해도 수연은 정말 괜찮다고, 괜찮아질 거라고 생각했을 것이다. 그저 조금 화가 났고 조금 걱정했을 뿐이다. 그러나 그는 결국 오지 않았고 전화도 하지 않았다. 영화가 채 끝나기도 전에 수연은 아파트로 돌아왔다. 이후 한참 시간이 흐른 후에도 잔잔한 물결이 일렁이는 파란 수영장에 줄무늬 비키니를 입은 여자가 누워 있는 영화 포스터를 보거나 그 영화의 제목을 듣기만 해도 가슴속 어딘가가 참을 수 없이 따끔거렸다.

그는 아침 일찍 퀭한 눈으로 찾아와 토라진 그녀를 달래려 애썼다. 그때 그녀는 뭐라고 했던가.

"미안해. 어제 갑자기 일이 있었어."

그에게서 술 냄새가 풍겼다. 전에 없던 일이었다.

"적어도 공부했다거나 교수님 만났다는 핑계는 대지 마. 너한테서 술 냄새 나니까."

뾰족한 추궁에도 그는 허허 웃기만 했다. 수연은 그가 찾아왔을 때 이미 마음이 흔들렸지만, 쉽게 용서해주기 싫었다. 그건 지는 거나 마찬가지였다. 그는 돌아선 그녀를 안고 목과 어깨 사이에 얼굴을 묻었다. 그의 눈꺼풀과 콧대, 부드러운 입술이 한참을 머물렀다.

"그만 가야 해."

그가 고개를 들자 수연은 그의 목덜미에서 물기를 느꼈다. 그때 그에게 괜찮은지 물었다면, 그를 안아주었다면, 그와 함께 울었다면, 깊은 대화를 나누었다면 결과가 달라졌을까. 그녀는 뼈아픈 후회로 오랫동안 마음이 아팠다. 그러나 수연은 묻지도, 돌아보지도 않았다. 오히려 자기가 싸움에서 이겼다는 이상한 쾌감이 들었다. 연인 사이일지라도 한 사람이 상대방의 감정까지 조종할 수 있다면 그 사람이 승자이고 관계에서 강자이다. 수연은 상대가 폴일지라도 그에게 지거나 약자가 되고 싶지 않았다. 이 관계의 주도자가 되어 끝이 나더라도 자기가 내고 싶었다.

"내가 최선을 다했다는 건 알아줘. 그건 사실이니까. 사랑해…… 엘리."

그땐 그가 말한 '최선'이 무슨 뜻인지 몰랐다. 그저 약속을 지키기 위해 파티에서 빠져나오려고 애썼다는 의미 정도로만 알아들었다. 다음 날, 그는 도서관에서 공부하다가 잊고 있었던 중요한 약속이 생각난 것처럼 뛰쳐나가 3층 난간에서 뛰어내렸다.

장래가 촉망되는 똑똑한 젊은이의 갑작스러운 자살은 그저 기삿거리 한 줄에 그쳤지만 가까운 사람들에게는 영원히 답을 알 수 없는 의문으로 남았다. 그는 유서조차 남기지 않았다. 누군가는 성적 때문에, 누군가는 연인 때문에, 누군가는 이민 2세라는 자신의 정체성 때문에 자살했다고 했다. 그는 남은 사람에게 죄책감을 주지 않으려고 사고로 위장하고 싶었는지 모른다. 아니, 남아 있는 사람 모두에게 죄책감을 주려고 그런 선택을 했는지도 모른다.

수연은 다시 그의 마지막 순간을 초 단위로 꼼꼼하게 되새겼다. 그가 마지막으로 남긴 인사에 단어 하나하나, 호흡, 눈빛까지 세세하게 떠올리려 했지만, 어디에도 죽음의 실마리는 없었다. 오히려 의문만 증폭되었다. 그는 분명히 그녀를 사랑한다고 했지만, 그녀를 버렸다. 세상은 사랑이 전부인 것처럼 떠들고 성경에서도 믿음, 소망, 사랑 중에 제일은 사랑이라고 했다. 그는 사랑보다 뭐가 더 중요했던 걸까. 슬픔이 바닥나자 그에게 화가 났고 그것마저도 바닥나자 그리움 대신 그녀도 쉬운 방식으로 그의 죽음에서 벗어나기로 했다. 그의 죽음은 카레와 그의 엄마 탓이라고. 공원 경계에서 들리는 경적, 관광객과 뉴욕 토박이들의 영어와 외국어가 섞인 말소리, 눅눅한 공기, 쑥 태우는 것 같은 대마초 냄새와 뒤엉킨 쓰레기 냄새……. 그날의 모든 감각이 뚜렷이 뇌리에 새겨졌다.

집 안은 어둑했고 라벤더 향기가 은은하게 풍겼다. 유진이 미리 향초를 켜놓은 모양이었다. 하지만 호르몬의 영향으로 한껏 예민해진 코는 보라색 꽃향기에 감춘 피자와 맥주 냄새를 금방 알아챘다.

"힘들었지?"

구두를 벗는 순간, 하루의 고단함이 한꺼번에 몰려드는 것 같았다. 수연은 손만 내저었다. 그의 배려와 관심에는 얼굴도 못 본 장모에 대한 호기심이 고개를 삐죽 내밀고 있었다.

"저녁은 먹었어? 피자 있는데."

오전에 먹은 젖은 종이 씹는 맛이 나는 칠면조 가슴살과 햄이 든 샌드위치 말고는 아무것도 먹지 못했지만, 버스 타기 전에 간단히 먹었다고 대충 둘러댔다.

"엠마는?"

"당신 들어오기 직전에 곯아떨어졌어."

수연을 따라 방으로 들어온 유진은 아내가 반바지와 티셔츠로 갈아입는 모습을 침대 발치에 있는 긴 의자에 앉아 지켜봤다. 그의 얼굴에는 여러 가지 생각이 떠오른 게 드러났지만, 수연은 궁금하지 않았다. 그는 워낙 단순한 성격이라 속마음을 오래 품고 있을 사람이 못 된다.

"생각해봤는데 장모님을 우리 집으로 모시면 어때?"

"뭐?"

"싫어?"

그의 눈이 휘둥그레지며 수연에게 박혔다. 칭찬을 기대하다가 실망하는 표정이 역력했다.

"난 괜찮아. 나야 아침에 나갔다가 저녁에 들어오니까. 방도 하나 남고. 지하를 쓰신다면 거긴 화장실도 따로 있으니까."

수연이 머리를 흔들었다.

"내가 힘들어서 싫어."

"나중에…… 후회하지 않겠어?"

그는 한 번 더 물으려다 입을 다물고 수연의 어깨를 가볍게 두드렸다.

"피곤할 텐데 얼른 쉬어."

그의 재촉에는 몰래 술을 마시려는 속셈이 있었다. 초저녁부터 발동이 걸렸기 때문에 집에 있는 술을 다 비우기 전에는 멈추지 못할 것이다. 어차피 수연은 술 마시는 그를 이해하지 못했고 그는 말리는 수연을 이해하지 못했다. 하지만 그가 술

아임 파인, 땡큐

을 마시고 운전하거나 선을 넘어가는 일은 없었기에 수연은 모르는 척했다. 고요한 휴전 상태. 부부가 그간 부딪히며 터득한 룰이었다. 그것은 얼마간 용자를 닮은 일이기도 했다. 집에 돌아오면 온종일 쌓인 답답함에 물건을 던지고 소리를 지르면서 세상을 향해 울분을 토하는 아버지에게 시급보다 비싼 소주 한 병을 내미는 그녀. 아버지는 술병을 받아들면 순한 아이처럼 맑은 웃음과 함께 된장찌개에 소주를 마지막 한 방울까지 다 마신 후에야 잠이 들었다. 왜 그녀의 부모는 말도 통하지 않는 미국으로 온 걸까.

"오죽 힘들었어야지. 남의 땅 부쳐 먹고 살면서 남의 돈 받기가 어찌나 힘들고 서럽던지. 여기 오면 뭔가 터지는 게 있을 줄 알았어. 네 아버지가 허세가 있잖니. 여기는 맨날 고기 먹고 돈도 많이 번다니까 네 이모에게 초청해달라고 얼마나 졸랐는지 몰라."

그녀가 물었을 때 용자는 마늘을 까던 손을 멈추고 어깨를 늘어뜨렸다. 수연은 딱히 한국에서 행복한 기억은 없었지만, 불행했던 기억도 없었다. 그러나 수연은 두 사람의 아슬아슬한 미스터리 무언극을 보는 기분이었다. 한 명이 입장하면 한 명이 퇴장하고 두 사람이 입장하면 한 사람이 술병을 내밀고 다른 한 명은 아무 말 없이 술을 마시는 연극. 그녀는 송주호와 최용자 주연 이인극의 유일한 관람객이었다.

폴을 처음 만난 건 신입생이었던 대학 1학년 때 학교 기숙사 로비에서였다. 누군가 어두운 복도 구석에서 생소한 언어로 통화를 하고 있었다. 그는 천천히 말하고 자주 더듬거렸으며 가끔 턱에서 경련이 일었다. 마치 연인과 다투는 것 같았다.

"바이."

그는 전화를 끊고 나자 마치 물에 빠졌다 건져진 사람처럼 숨을 크게 내쉬었다. 그는 자신을 지켜보는 그녀를 의식했는지 아무렇지 않은 듯 미소를 짓더니 변명처럼 늘어놓았다.

"부모님이랑 얘기하다 보면 숨이 막혀. 그냥 서로 안부 인사만 하고 끊었으면 좋겠어. 항상 말이 길어지면 부딪치거든. 아버지의 영어는 알아듣기 힘들고 엄마는 영어를 못하는데 난 벵골어가 서툴러. 결국 말싸움이 되지. 상상해봐. 셋이서 서툰 영어와 서툰 벵골어로 싸우는 걸……. 하지만 돌아오는 차 안에서 엄마의 말, 아버지의 영어를 천천히 해석해보면 우린 같은 결론을 가지고 싸우는 거야."

"우리 가족도 그래."

폴의 눈길이 수연에게 닿았다. 아마 그 순간이었을 것이다. 두 사람이 같은 그림자를 갖고 있다는 것을 알아차린 것은. 예기치 않게 가족에 대한 얘기를 듣고 수연은 그를 위로할 겸 카페에서 커피를 샀고, 그는 답례로 그리니치빌리지에

아임 파인, 땡큐

있는 스페인 식당에서 저녁을 샀다. 두 사람은 카페 벽에 그려진 호숫가 풍경과 사프란으로 색을 낸 쌀 위에 가득 담긴 음식 덕분에 기한이 하루밖에 남지 않은 리포트나 말라붙은 통장 잔액을 잠시나마 잊을 수 있었다. 무뚝뚝하고 불친절한 직원이 문 닫을 시간이라고 알려줄 때까지 그들은 각자 자기 부모의 흉을 보았고, 이민 2세대가 겪는 불공평함과 서글픔에 대해서도 거침없이 털어놓았다.

"생각해보니까 말이 통한다고 다 통하는 것도 아니야. 난 가끔 말 뒤에 숨은 의미나 감정도 통역이 필요한 것 같거든."

수연은 용자의 꾹 다문 입술과 흘기는 눈빛이 떠올랐다.

몇 년 뒤, 결혼할 사람이라고 폴을 데리고 갔을 때 용자의 벌어진 입속에서 차마 소리를 내지 못하고 들썩이던 혀가 생생하게 기억난다. 마구 떨리던 동공과 손수건을 움켜쥔 손……. 수연은 폴이 느낄 모욕감이나 상처가 걱정되어 차마 그를 보지 못했다. 세 사람은 무겁게 내려앉은 침묵 속에서 불어터진 파스타와 드레싱에 절은 양상추를 삼켰다. 폴을 먼저 돌려보낸 후 용자는 다짜고짜 수연을 다그쳤다.

"내가 얼굴 까만 놈 만나라고 이 먼 미국에 오고 널 대학에 보낸 줄 알아?"

수연은 용자의 어깃장에 할 말을 잃었다. 수연이 미국에 오고 싶어서 온 것도 아니고 대학에 들어간 건 가족과 함께 살던 햇빛조차 비껴가던 북향 아파트를 떠날 수 있는 유일한 탈출구였기 때문이다. 당시 용자는 없는 살림에 무슨 대학이냐고 말렸었다.

"나를 위해 온 것도 아니면서 왜 생색이야?"

"널 지금까지 먹이고 입히고 키워준 결과가 겨우 이거야?"

수연은 친구들 중에서 가장 옷이 적었고, 가장 싼 옷을 입었다. 저소득 가정 학생으로 학교에서는 무료 급식을 먹었고, 평일에는 부모를 대신해서 어딘가에 전화를 해야 했으며, 주말에는 바깥일에 지친 엄마를 대신해 집안일을 도맡아 했다. 부모에게 따뜻한 인사나 위로 같은 건 기대한 적조차 없었다. 죽을 때까지 용자의 시급보다 비싼 소주를 매일 마셔댄 아버지, 마치 교주에게 순종하는 광신도처럼 굴던 엄마. 도대체 그들이 수연에게 무엇을 해줬던 말인가.

"폴이고 나발이고 안 돼. 졸업하기도 전에 큰 회사에 인턴으로 들어가게 됐다고 다들 딸내미 잘 키웠다고 칭찬인데, 겨우 그런 놈이랑 결혼한다고?"

수연은 지금 당장 결혼하겠다는 것도 아니고, 폴은 엄마가 생각하는 '그런 놈'과 같은 부류가 아니라고 설명했지만, 주말이면 억지로 용자에게 이끌려 집에 가야 했다. 집에 다녀오면 마늘과 고춧가루 냄새가 옷과 머리카락에 달라붙어 한동

아임 파인, 땡큐

안 떨어지지 않았다. 폴은 눈치가 빠른 남자였다. 새벽에 목이 말라 깰 때면 수연은 푸른 여명 속에 동상처럼 꼼짝 않고 앉아 있는 폴을 자주 목격하곤 했다.

밤이 깊도록 수연은 잠을 이루지 못했다. 아래층에서는 유리병과 잔이 부딪치는 소리가 들렸다. 남편 역시 잠을 이루지 못하고 있었다. 한국 남자와 결혼했다고 하면 엄마는 좋아했을까? 하지만 용자는 수연에게 아이 사진을 보여달라는 말조차 하지 않았다. 그녀가 뒤척일 때마다 침대 시트에서 눈 밟는 소리가 났다. 시트와 베개에서 인위적인 꽃 냄새와 햇빛 냄새가 연하게 풍겼다. 아마 남편이 소독한다고 낮에 뒷마당에서 햇빛에 말렸을 것이다. 문득 용자가 덮고 있던 눅눅하고 마늘 냄새가 밴 이불이 생각났다.

아침이 되자 일찍 잠에서 깬 아이가 침대에 올라와 키득거렸다. 제 딴에는 엄마를 깨우지 않으려는 배려였을 테지만 아이의 웃음소리는 미세한 진동을 일으켰다. 수연은 심한 두통에 인상을 찡그렸다.

"엄마, 머리…… 아파?"

아이가 작고 축축한 손바닥으로 이마를 짚었다. 자면서 침을 흘렸는지 미세하고 하얀 거품이 입가에 말라붙어 있었다. 수연은 잠옷 소매를 끌어당겨 아이의 입가를 살살 닦았다. 남편을 닮은 아이의 작은 눈은 진찰하는 의사처럼 진지했다.

"아빠는? Where is daddy?"

수연은 한국말로 물었다가 다시 영어로 고쳐 물었다.

"아빠 없어."

아이는 자존심이 상했는지 입술을 삐죽였다. 집에서 한국말로 소통하다가 학교에 가기 시작하면서 자신이 영어를 못한다는 사실에 아이는 충격을 받았다. 게다가 머릿속에서는 두 언어가 충돌을 일으켰는지 나중에는 잘 쓰던 한국말마저 퇴행을 보였다. 결국 아이는 학교에서 입을 다물었고, 상담 시간에 담당 교사가 언어 치료를 받아볼 것을 권유했다. 그 말에 수연의 남편은 크게 화를 냈다. 한국말은 한마디도 하지 못하는 선생이 애를 바보 취급했다는 것이다. 할 수 없이 수연은 한동안 수업시간에 아이 옆에서 통역하면서 수업을 도와주기로 했다.

"우리 산책할까?"

바깥은 짙은 구름이 내려앉아 습도도 높고 약간 어두웠지만 해가 없어서 짧은 산책을 하기엔 좋았다. 언덕에서 내려다보면 동네 중심부를 가로지르는 길을 따라 이란성 쌍둥이 같은 집들이 서로 인사하는 것처럼 마주 보고 있다. 창의력이라고는 전혀 없이 한 뼘의 공간까지 실용성 위주로 지은 외관은 단정하게 머리를 자르고 셔츠 깃까지 단추를 채운 성실하고

아임 파인, 땡큐

지루한 중년남자 같은 인상이었다. 전형적인 베드타운이 그려낸 안전하지만 재미없는 풍경이다. 주민 대부분이 뉴욕으로 출근하기 때문에 낮에는 동네 전체가 적막했다. 아이는 지그재그로 뛰면서도 엄마에게서 반경 2미터를 벗어나지 않았다. 리본을 맨 머리카락이 아이가 뛸 때마다 엇박자로 오르내렸다.

"엄마, 외할머니 만났어?"

수연은 걸음을 멈추고 아이의 어깨를 돌려세웠다.

"누가 그래? 아빠가 그래?"

아이는 고개를 돌려 엄마의 시선을 피했다. 까무잡잡하게 탄 아이의 콧등에 맺힌 땀방울을 본 순간, 수연은 자신이 예민하게 굴고 있다는 사실을 깨달았다.

"미세스 라일리가 그랬어. 누구나 엄마가 있다고. 지금 없을 수도 있지만 태어날 땐 누구나 엄마가 있대."

수연의 힘이 빠지는 순간을 놓치지 않고 아이가 말을 이었다.

"그래서 아빠한테 물어봤어. 아빠도 엄마가 있어? 엄마도 엄마가 있어? 한국 할머니도 엄마 있어?"

다시 속에서 파도가 밀려오듯 구역질이 올라왔다. 수연은 주저앉아 잔디에 위액까지 토했다. 어느새 다가온 아이가 작은 주먹으로 그녀의 등을 두들겼다. 그리고 작은 리본이 달린

치맛단으로 그녀의 입을 닦아주었다. 아침에 수연이 그랬던 것처럼.

"아 유 오케이, 맘? 엄마, 죽는 거 아니지?"

아이가 미간을 잔뜩 찡그린 채 심각한 표정으로 물었다. 수연은 아이의 머리를 쓰다듬으며 일어섰다.

"엄마는 괜찮아."

그녀의 말에도 아이는 여전히 엄마의 안색을 살피며 얼굴을 펴지 않았다. 그녀는 굳어 있는 아이의 주의를 돌리기로 했다.

"집에 가자."

'집에 가자'는 말은 아이에게 마법과 같았다. 그 말은 상황에 따라 다른 힘을 발휘했다. 학교에서 돌아오는 길에는 무한한 안정을, 친구 집이나 놀이터에서 돌아올 때에는 아쉬움을 극대화시켰다.

"집에 갈까?"

한 번 더 재촉하자 아이는 주변을 둘러보며 한숨을 내쉬었다. 더 놀고 싶다는 마음과 엄마에 대한 걱정이 치열하게 싸우는 모양이었다. 샌들 앞코로 바닥만 파던 아이가 마지못해 고개를 끄덕이며 엄마가 내민 손을 잡았다.

"어제 학교에서 뭐 배웠어?"

"하우…… 아알…… 유? 안녕하세요? 아알…… 유…… 오

아임 파인, 땡큐

케이? 너는 어때? 괜찮아? 맞지?"

아이는 턱을 쳐들고 우쭐한 눈빛으로 엄마의 칭찬을 기다렸다.

"응. 맞아."

수연은 아이가 알아듣든 말든 혼잣말처럼 중얼거렸다.

"엄마! 하우 아 유? 에이취, 오우……."

아이가 좀 더 큰 소리로 알파벳 글자를 하나하나 힘주어 불렀다.

"엄마, 대답해야지!"

"아임 파인, 땡큐. 앤드 유?"

수연은 유진을 흉내 내며 대답했다. 그녀의 남편은 유창하진 않지만 영어로 대화할 때면 신중하게 단어를 고르고 같은 말을 반복해서 쓰지 않으려는 강박이 있었다. 그러나 누가 "하우 아 유"라고 인사하면 자기도 모르게 어릴 때 학교에서 배운 대로 "아임 파인, 땡큐. 앤드 유"라는 대답이 저절로 나온다고 했다. 그리고 죽어가는 순간에도 누가 "하우 아 유"라고 묻는다면 똑같이 대답하게 될 것 같아 무섭다는 얘기도 우스갯소리처럼 했다.

"내 이름은 '앤드 유'가 아닌데……."

아이는 고개를 갸웃하더니 곧 자신 있게 대답했다.

"마이 네임 이즈 엠마 리. 아임 두잉 그레이트!"

아이는 자신 있게 대답하더니 제 엄마의 손을 놓고 앞으로 달려갔다. 물기를 가득 품은 바람이 수연의 맨다리를 스쳤다. 비가 곧 쏟아질 모양이었다. 가슴속 깊은 곳에서 습하고 무거운 바람이 부는 것 같았다. 수연은 휴대폰을 꺼내 번호를 검색했다. 용자의 이름을 입력했다. 최용자. 수연은 커서가 깜박거리는 빈칸에 'Are you okay?' 세 단어를 입력했지만, 화살표를 누르진 못했다. 그녀가 누르는 순간, 져야 할 무거운 책임과 감정이 손가락과 액정 사이에서 버티고 있었다.

"마미!"

엠마가 수연을 향해 손을 흔들었다. 아이가 입은 드레스의 리본이 나풀거리며 아이를 따라 같이 손을 흔드는 것처럼 보였다.

두 번째 임신이라 그런지 배가 일찍 부르기 시작했고 체중도 빨리 늘었다. 딸이라도 상관없다던 유진은 배 속의 아이가 아들이라고 의사가 알려주자 온종일 입을 다물지 못했다. 그는 이웃 사람들을 불러 파티를 열었고 손님들이 돌아가고 나서도 밤새 한국에 있는 자기 부모와 친구들에게 전화를 걸었다.

임종 직전, 엠마는 외할머니를 처음이자 마지막으로 만났다. 겁먹을지도 모른다는 예상과는 달리 아이는 눈꺼풀도 겨

아임 파인, 땡큐

우 들어 올리는 할머니의 뺨에 의연하게 입을 맞추었다.

"아 유 오케이, 할머니?"

용자의 검은 뺨 위로 눈물이 흘러내렸다. 수연은 그녀를 용서하거나 이해한 건 아니었다. 그녀에게 향하는 걸음은 늘 머뭇거렸고 무거웠다. 하지만 나중에라도 느끼게 될 죄책감을 덜어내고 평생을 버둥거리며 살았던 용자의 마지막만은 편하게 해주고 싶었다.

용자는 유언 없이 눈을 감았다. 수연이 병실로 들어서자 마치 기다렸던 것처럼 심장박동이 멈췄다. 살면서 겪은 길었던 고통에 비하면 담담하고 건조한 죽음이었다. 문상객은 대부분 유진과 수연의 지인이었고, 용자 편으로는 티나가 유일했다.

장례식이 끝나고 며칠 후, 티나는 전할 물건이 있다며 연락을 했다.

"미세스 초이는 이미 신변 정리를 다 해서 내가 정리할 것도 없었어요."

"그동안 서류는 어떻게 처리했나요? 할 게 많았을 텐데."

"서류라면 걱정하지 말아요. 오래전부터 내가 대신 맡아서 처리했어요. 물론 미세스 초이가 수고한 것에 대한 대가는 지불했고요."

"제가 할 일은 더 없나요?"

"없어요. 단지 마지막으로 방 정리하러 갔을 때 엘리 이름이 쓰인 상자가 하나 남아 있었어요."

그녀는 브라이언트 공원 근처에 있는 샌드위치 가게에서 일한다며 아침 일찍 만나자고 했다.

터미널에서 내려 두 블록만 걸으면 브라이언트 공원이었다. 단풍으로 물든 공원은 노란색과 붉은색의 커다란 솜사탕이 떠 있는 것처럼 보였다. 티나는 초록색 에이프런을 맨 채 분홍색 줄무늬가 있는 쇼핑백을 들고 벌써부터 기다리고 있었다.

"수연! 배가 많이 나왔네요."

티나도 밖에서 보니 처음 만났을 때보다 훨씬 생기가 넘치고 젊어 보였다. 수연이 그렇게 말하자 티나는 그동안 모은 돈으로 가족들이 다 같이 살 수 있는 집을 마련했다며 베트남으로 돌아간다고 했다. 그리고 수연의 어깨를 안으며 태어날 아이와 엄마를 위해 짧은 축복기도를 하고는 바쁜 시간이라 자리를 비우면 안 된다며 신호등이 바뀌자마자 빠른 걸음으로 사라졌다.

12인치 정도 되는 살구색 상자는 가벼웠고 'Ellie 수연이에게'라고 연필로 서툴게 적혀 있었다. 상자를 열자 코를 찌르는 좀약 냄새가 퍼졌다. 상자 속에는 두 벌의 배냇저고리가 포개져 있었다. 위에 있는 것은 소맷단과 목덜미가 누렇게 변

아임 파인, 땡큐

한 흰색 배냇저고리였고 다른 하나는 가격표도 떼지 않은 연한 하늘색 배냇저고리였다. 오래된 배냇저고리의 가슴에는 분홍색 면실로 꽃 세 송이가 수놓여 있었고, 밑단에는 '수연'이라고 새겨져 있었다. 수연은 옷을 다 꺼내고는 상자를 거꾸로 털었다. 하지만 수연이 기대한 편지나 쪽지는 나오지 않았다. 갑자기 한동안 잊고 있던 입덧이 다시 시작되는 것처럼 구역질과 오한이 밀려왔다. 수연은 눈을 감고 심호흡을 했다. 곧 높은 파도를 만난 것처럼 울렁거리던 속이 조금 잠잠해졌다. 수연은 천천히 눈을 떴다. 처음엔 물에 번진 수채화처럼 보이던 주변이 점점 선명해졌다. 언제부터 있었는지 맞은편 벤치에 앉아 있는 사람이 눈에 들어왔다. 그는 미니스커트 차림에 그물 스타킹을 한쪽만 신은 채 초점이 맞지 않는 시선으로 그녀를 응시하고 있었다. 낙타 속눈썹 같은 인조 속눈썹이 남자가 깜박거릴 때마다 부채질하는 것처럼 오르내렸고, 나머지 속눈썹이 오물로 얼룩진 셔츠의 가슴팍에서 남자가 숨을 내쉴 때마다 파르르 흔들렸다. 술이나 약에서 깨어나는 중이라는 걸 한눈에 알 수 있었다. 남자는 벤치에 붙은 듯 꼼짝도 못한 채 오로지 눈동자만 움직였다. 그는 얕은 숨을 몇 번 내쉬더니 가는 목소리로 물었다.

"아 유 오케이? 안색이 안 좋아요."

그의 물음에 수연은 그제야 장례식에서도 나오지 않던 울음이 새어 나오기 시작했다. 수연은 양손으로 얼굴을 가린 채 울기 시작했다. 마치 서러움에 복받친 어린아이처럼 터져버린 울음을 멈출 수 없었다. 요가 매트를 끼고 지나가던 레깅스 차림을 한 여자와 카메라를 든 중국인 관광객들이 길게 줄을 지어 그녀의 앞을 지나갔다. 그들 중 몇은 앉아 있는 수연과 남자를 호기심 어린 눈으로 바라보며 서로 귓속말을 했다.

"아 유 오케이?"

그가 다정하게 다시 물었다. 수연은 눈물을 훔치며 고개를 끄덕였다.

"아임 파인, 땡큐. 앤드 유?"

어디선가 바람이 불어왔다. 바람은 두 사람 사이를 지나 앞서간 중국인 관광객을 따라 마른 소리를 내며 쫓아갔다.

미뉴에트

홍예진

또 공사 구간. 어쩔 수 없었다. 65번가로 진입할 수밖에. 그런데 하필 링컨 센터와 줄리어드 스쿨 사이로 왔을 때 택시 한 대와 트럭 한 대가 앞을 막고 있어 전진을 못하고 있다. 옆자리의 엄마는 조용했다. 말을 붙여볼까 하다가 이내 귀찮아져서 앞만 보기로 했다. 트럭이 진로를 바꾸기로 한 모양인지 갑자기 우회전을 하고, 그 바람에 오른편의 시야가 뚫려 학생 하나가 건널목으로 내려서는 게 눈에 들어왔다. 등에 맨 악기 케이스. 첼로. 반사적으로 엄마 쪽으로 고개가 돌아갔다.

"미안, 엄마. 피곤하지? 집에 먼저 가려고 했는데 하필 오늘……."

"안 피곤해."

엄마가 고개를 젓는다.

원래는 공항에서 집으로 가서 엄마를 집에 들여주고 매들린을 데리러 가려고 했었는데 비가 온다. 엄마가 온다는 것에 긴장해 정신을 빼놓긴 했나 보다. 매들린의 라크로스 훈련이 있는 줄 알면서도 일기예보 확인하는 걸 깜빡 잊다니. 공항 대합실에서 엄마가 나오길 기다리고 있는데 방과 후로 잡혔던 라크로스 훈련이 취소되었다는 문자가 온 거다.

앞쪽이 뚫려 직진을 하면서 보니 굵어진 빗줄기가 콜럼버스 애비뉴의 번들거리는 노면을 사정없이 때리고 있다. 엄마의 옆얼굴, 평온하고 멀쩡해 보인다. 내 시선을 느꼈는지 엄마도 나를 보았다.

"왜?"

"그냥."

나는 엄마를 향해 웃어주고 시선을 되돌렸다.

엄마가 뉴욕에 온 건 오랜만이다. 아빠가 돌아가신 후, 엄마는 샌디에이고의 집에 남아 혼자 지내고 있었다. 가끔씩 마음이 쓰이기는 해도 이모의 전화를 받기 전까지는 엄마가 혼자 있다는 것에 대해 크게 걱정을 하지 않고 있었다. 어릴 적부터 엄마는 늘 자신만의 세상을 안고 사는 사람처럼 보였기 때문에 비록 아빠가 곁에 없다 해도 고독할 것 같지가 않았으니까. 어릴 때는 이런 엄마의 성향이 서럽기도 했지만 아빠가 세상을 떠나고 나서는 편리한 면모라고 생각을 바꾸기로 했었다. 엄마 스스로를 위해서도 나를 위해서도. 이모가 상황을 알려주기 전까지는.

"클로이, 너밖에 없잖니. 본인은 괜찮다지만 이대로 혼자 둘 순 없어."

알츠하이머라니. 다름 아닌 엄마가. 어릴 적부터 이모는 조심성 없는 말로 번번이 내게 상처를 주곤 했으면서 이럴 때는 또 나밖에 없단다. 사실이긴 하다. 오십이 넘은 나이에 쌍둥이들을 키우느라 동동거리는 이모에게 마음의 여유가 있을 턱이 없지 않은가. 게다가 이모가 사는 시애틀은 여름 빼고는 늘 비가 온다. 엄마가 거기 가 있는 건 엄마의 정신 건강에 도움이 될 리 없다.

엄마가 와 있을 거라는 말에 패트릭은 눈썹을 치뜨며 놀라워했다.

"한 달?"

그래봐야 거부할 수 없다는 것, 그도 안다. 나로 말하자면 그의 아이들이 집에 오는 걸 한 번도 막아선 적이 없으니까. 지금이야 아이들이 대학에 진학해 다른 주에 가 있지만 몇 년 전만 해도 남매는 자주 우리 집에 와 있지 않았나. 패트릭의 전처는 잦은 출장으로 걸핏하면 집을 비워야 했고, 그녀가 그 로펌을 관두지 않는 이상 맨해튼 거주자 중에서 나만큼 만만

한 베이비시터는 없었을 테니까. 아이들의 아빠 집이라지만 실상 뒤치다꺼리는 다 내 몫이었고, 전업주부란 으레 그런 걸 '처리'할 수밖에 없는 존재가 되기 마련이다.

아무튼 나는 전업주부가 체질에 맞다. 부모님의 실망을 무릅쓰면서까지 대학 진학 대신 모델 에이전시에 들어갔던 과거 경력이 있긴 하지만 화려한 세계를 동경해서는 아니었다. 주목 받는 외모로 쉽게 할 수 있는 일이었고, 때마침 카메라 테스트 기회가 있었고, 무엇보다 얼른 집에서 벗어나고 싶었다. 데뷔를 하고 얼마 안 있어 자선 파티에서 대리석 수입업자인 패트릭을 만나는 바람에 모델 활동은 2년 남짓 하다 마는 것에 그쳤으나 현재 불만은 없다.

매들린이 자라고 나면? 모르겠다. 아직까지는 내게 집중하는 사람이 만들어준 울타리 안에서 맨해튼의 젊은 엄마로 사는 일상이 싫증 나지 않았으니까. 패트릭의 전처와 아이들로 인해 가끔씩 골 아픈 일이 생기기도 하지만 그쯤이야 뭐. 어차피 내 인생에서 무결한 게 주어진 적은 별로 없는걸. 그러니 생각하기 나름인 거다.

무엇보다 내게는 매들린이 있다. 완벽한 내 딸. 심지어 전처의 아이들조차도 매들린이라면 귀여워 사족을 못 쓴다.

학교 앞. 교문 안쪽에 서 있던 아이가 달려와 차창에 얼굴을 대며 활짝 웃는다.

"할머니, 안녕!"

"안녕, 매들린!"

엄마도 웃는다. 저 햇살 같은 아이를 보고 웃지 않는 냉혈한은 없다. 모처럼 밝은 얼굴을 하는 엄마. 엄마가 나를 처음 봤을 때는 어떤 표정을 지었을까? 그때도 저렇게 웃었을까? 엄마와 만난 게 몇 살 때였는지 정확히는 모른다. 세 살 아니면 네 살쯤? 엄마는 내가 기억하지 못할 거라고 생각하겠지만, 아니 어쩌면 기억하겠지 싶으면서도 모르는 척하고 있는 건지도 모르겠지만, 아무리 어렸어도 그 순간만큼은 또렷하게 기억하고 있다. 긴 시간 비행기를 타고 와, 난생처음 보는 야자수와 수영장이 있는 집을 보고 받았던 충격이 사진처럼 박혀 있으니까. 그 후의 기억들이야 순차적으로 저장되어 있는 것은 아닌데, 미국에 온 첫날 샌디에이고의 집을 보고 받았던 인상만큼은 지워지지 않는다.

다만 어떤 이유에서인지 한국에 대한 기억은 전혀 없다. 출생지가 한국의 어느 한 도시라는 것만 안다. 평생을 따라다니는 서류에 적혀 있으니까. 아빠와 나의 관계를 알려준 건 이모였다. 여느 아이들처럼 나도 어느 순간부터 영어만 하게 되었으니 못 알아들으리라 여기고 부주의하게 중얼거린 걸 테지만.

"누가 자기 핏줄 아니랄까 봐, 엄청 예뻐하네."

아빠와 엄마 그리고 나 사이의 암묵적 약속이랄까. 서로 간에 꺼내놓고 하지 않는 이야기를 정리하자면 이런 거다. 아빠의 연인이었을 누군가가 나를 낳았고, 슬하에 자식을 두지 않은 엄마가 나를 데려다 키우는 것에 동의했다는 것.

엄마로 말할 것 같으면 흠 잡을 데 없다. 부모로서 책임감이 강했고, 아빠 몰래 나를 구박한 적도 없다. 로스앤젤레스 오케스트라 단원이자 인기가 좋은 바이올린 레슨 선생님이기도 했던 엄마는 자기 세계와 가정 사이의 균형 감각을 잃는 법이 없었다. 한마디로 늘 정신 똑바로 차리고 사는 유형이랄까. 오케스트라 리허설이 있는 토요일마다 로스앤젤레스에 가느라 집을 비우는 것 말고는 물리적으로 나와 떨어져 있은 적도 거의 없다.

문제가 있는 쪽을 꼽으라면 차라리 나다. 어느 부모가 됐든 자식에게 기대하게 마련인, 적어도 한 가지 분야에서의 재능 같은 것, 나는 그런 게 없는 아이였으니까. 엄마는 사람들이 내 외모를 칭찬해주는 것에는 전혀 반응하지 않았다. 그러니까 엄마는 엄마로서 완벽했지만 나는 언제나 갈증이 나 있었다는 것. 나는 머리 모양이 마음에 들지 않게 만져졌을 때 짜증을 낸다거나 하는, 여자애들이 엄마에게 흔히 부리는 응석 같은 건 허용되지 않는다고 여기고 자랐다. 눈치가 있다는 것은 그나마 몇 개 안 되는 내 재능 중 하나였다.

미뉴에트

"굿모닝!"

등 뒤에서 팔을 감는 패트릭에게서 풍겨 오는 샴푸 냄새. 벌써 피트니스 센터에 다녀온 모양이다. 가물가물 눈을 떠보니 창밖으로 보이는 허드슨강 수면이 파랗다. 맑은 날씨. 몸을 돌려 패트릭의 곱슬거리는 금발에 손가락을 넣어보니 요즘 부쩍 숱이 줄은 듯하다. 어쩐지 딱하게 여겨져 마음에도 없는 농담을 건넸다.

"당신, 피트니스 센터에 애인 만들어두면…… 알지?"

손가락 방아쇠를 만들어 관자놀이에 대자 패트릭이 치아를 드러내고 웃었다. 일부러 집착하는 척하는 걸 눈치 못 챌 사람이 아닌데도 늘 좋아해준다. 그렇지만 오늘은 웃음기가 빨리 사라진다.

"당신 엄마, 벌써 일어나셨어."

일어나 나와 있으라는 뜻. 패트릭이 이런 식이면 한 달까지 버티지 못할 수도 있는데. 엄마가 오기 전, 맨해튼 내의 알츠하이머 환자 전문 요양시설을 알아두긴 했다. 곧 방문해볼 요량이지만 지금으로선 엄마가 그런 곳에 있어야 할 정도로 심각해 보이진 않아서 어떻게 해야 할지 모르겠다. 가까운 곳에 엄마가 지낼 아파트를 구하고 보살펴줄 사람을 고용하는 편이 좋을까.

목덜미로 파고드는 패트릭의 입술을 밀어내고 거실로 나

가니 식탁에 앉아 시리얼을 먹고 있던 매들린이 활짝 웃었다.

"엄마, 아침 먹고 나서 할머니랑 터커 스퀘어 주말 장에 나가볼래. 그래도 되지?"

"물론이지. 다 같이 가자."

날씨가 쌀쌀해진 탓인지 터커 스퀘어에 선 장에는 좌판을 편 상인들 수가 줄었다. 비니를 뒤집어쓴 청년의 쿠키 진열대 앞에서 매들린이 애원하는 눈길을 보내는 통에 초콜릿칩 쿠키를 사주고 호밀빵도 샀다. 옆 좌판에서 치즈를 사고, 래디시와 샐러드 상추도 조금 샀다. 그러고 나니 더 살 게 없어서 어슬렁거리고 있었다. 매들린과 패트릭이 앞서가고 엄마와 나는 뒤를 따르던 중, 장이 선 모퉁이 한쪽에서 음악 소리가 들려왔다. 거리의 바이올린. 쿠키를 오물거리며 걷던 매들린이 그 앞에 멈춰 섰다. 거리의 뮤지션은 뉴욕 거리에서 흔한 존재지만 바이올린을 켜는 사람이 예쁘고 깔끔한 아가씨라 눈길이 갔을 터다.

우리는 매들린의 뒷전에 서서 초록색 스웨터를 입은 빨간 곱슬머리 아가씨의 연주를 구경했다. 아일랜드나 스코틀랜드의 민요 가락인 것 같다. 곡이 끝나자 매들린은 열정적으로 박수를 쳤고, 패트릭은 뮤지션이 펼쳐놓은 바이올린 케이스에 10달러 지폐를 넣어줬다. 주말 쇼핑을 다니는 사람들에게 쏠리면서 콜럼버스 애비뉴를 걸어 집으로 향하던 중, 매들린

미뉴에트

이 말했다.

"바이올린 배우고 싶어."

나와 패트릭의 눈이 마주쳤다.

"합창단 하기로 했잖아."

내 말에 매들린의 얼굴이 침울해졌다.

"실은 나, 오케스트라 하고 싶었어."

내년부터 매들린은 학교에서 음악 프로그램 중 하나를 선택해 배우게 되어 있다. 합창단, 오케스트라, 관악 밴드 중 하나를 택하면 되는 건데 학교에서 질문지가 왔을 때 매들린과 상의 후 합창단에 표기를 해 제출했다. 노래하기를 좋아하는 아이라 자연스럽게 그리 한 건데 실은 선택의 여지도 없었다. 악기 레슨을 받아본 적이 없는 매들린이 오케스트라나 밴드에 들어가면 악기를 미리 배워둔 다른 아이들에 비해 뒤처질 테니까.

"할머니한테 배우면 되겠다."

패트릭이 엄마와 나 양쪽을 번갈아 보며 말했다. 내게서 별 반응이 나오지 않자 패트릭은 어깨를 으쓱해 보이고는 다시 매들린에게로 시선을 돌렸다.

"바이올린 사야겠네?"

매들린의 얼굴이 환해진다. 엄마가 말문을 연 건 그때였다.

"렌트로 시작하는 게 나을 텐데. 크면서 악기 사이즈를 계속 바꿔야 하니까. 하다가 그만둘 경우도 생각해야지."

패트릭이 맞장구를 쳤다.

"옳은 말씀!"

패트릭의 수긍이 동조의 뜻은 아니라는 걸 나는 안다. 그러나 패트릭은 입 밖으로 나가는 말과 판이한 표정을 짓는 따위의 미숙한 짓은 하지 않는 유형이다.

잠자리에 들 시간, 패트릭이 침대로 들어오며 동조를 구한다.

"매들린, 잘할 것 같지 않아? 바이올린."

나는 아이패드로 핀터레스트를 들여다보고 있는 중. 시에나 밀러가 입은 니트 코트. 사고 싶다.

"어째서 그렇게 생각하는데?"

아이패드에서 눈을 떼니 패트릭이 고개를 옆으로 까딱 움직여 보였다.

"당신 유전자를 가지고 있잖아."

"그거, 인종차별적 발언이야."

내가 눈을 흘기자 패트릭이 민망한 듯 웃었다. 그 이면에는 나쁜 뜻으로 한 말이 아니니 따지고 들지 말자는 의미가 있는 것. 거기다 덧붙이고도 싶겠지. 코라와 잭도 현악기를 배운 적이 있지만 영 재미를 붙이지 못했었다고. 원래 학교 내 오케스트라의 수준급 학생들은 전부 아시아계 학생들이지 않느냐고. 하지만 전처와 아이들을 자꾸 언급해봐야 좋을 게 없으니 그쯤에서 그치는 거다.

벽을 향해 돌아누우며 대꾸하는 내 말투에 가시가 돋는다.

"아시아계라고 다 현악기를 잘하진 않아."

인터폰이 울린 건 새벽 두 시경. 다행히 잠귀가 밝은 내가 패트릭보다 먼저 일어나 받았다. 경비원 모라드.

"좀 와보세요."

로비로 내려가보니 모라드와 엄마가 방문객용 소파에 나란히 앉아 있었다. 모라드는 당혹스러워하는 내 얼굴에 대고 밤교대 근무를 보다 보면 더러 생기는 일이라고 말해주었다. 안심시켜주려는 의도겠지. 그럴 거면서 엄마가 밖으로 나가기 전에 발견해서 다행이라는 공치사는 왜 덧붙이는 걸까. 엄마는 꼼짝하지 않고 소파에 앉아 있었다. 엄마, 하고 다가가니 나를 올려다보는데 표정이 이상했다. 좀비라도 맞닥뜨린 것 같은, 경악과 공포가 퍼지는 얼굴. 창백했다.

"엄마?"

올라가자고 손을 내미니 엄마의 입술이 달싹달싹 움직인다.

"혜, 혜정아……."

혜정?

엄마와 지낸 지 일주일이 지났다. 그날 밤 이후 엄마가 밖으로 나가는 일은 더 이상 일어나지 않았다. 그사이 요양시설에 전화해보고 방문도 해봤지만 아직 엄마가 요양시설에 가 있을 만큼 중증은 아니라고 판단했다. 특히, 음식을 씹을 수도 없어 수액만 맞고 사는 환자까지 보고 나니 더 그렇게 여겨졌다. 아직까지는 내가 감당하지 못할 상황이 일어난 적은 없었으니까.

다만 걱정이 있다면 가끔씩 나를 보는 엄마의 표정이 이상하게 일그러지곤 한다는 것과, 그럴 때면 그날 밤 1층 로비에서처럼 '혜정'이라는 이름을 웅얼거리곤 한다는 것 정도였다. 하지만 그것도 잠깐 동안일 뿐 대개는 곧 제정신으로 돌아오니 아직까지는 지켜볼밖에 별다른 방법이 없었다.

패트릭은 기어이 바이올린을 샀다. 아직 어린이용 바이올린을 쓸 시기에 값비싼 악기를 사줄 필요가 없다는 엄마의 말을 흘려듣고 결국 매들린을 데리고 악기점에 다녀온 거다. 얼마를 지불했냐고 물어보니 대답 대신 빙긋이 웃더니만 악기점 주인으로부터 선생님까지 추천받았다며 레슨 스케줄을 짜보라고 했다.

"엄마한테 가르쳐달라고 할 거라며?"

좀 빈정대자 패트릭이 어색하게 웃었다.

"계속 여기 계실 것도 아닌데 어차피 선생님이야 구해야지."

패트릭은 내 눈을 회피하며 메모 하나를 내밀었다. 메모지에는 악기점 주인이 휘갈겨 쓴 글씨로 이름이 적혀 있었는데 전형적인 유태인 이름과 성이다. 전화를 해보니 첫 레슨을 받기까지 3주는 기다려야 한단다. 깍듯하면서도 어쩐지 고압적인 태도다. 레슨을 바로 시작할 수 없다고 하자 매들린은 시무룩해져서 제 방으로 들어갔다. 매사에 성미가 급한 매들린이야 실망이 크겠지만 오히려 잘된 일이지 싶다. 언제까지 엄마가 우리 집에 있게 될지 모르겠지만 레슨을 늦출수록 매들린이 바이올린을 배우는 과정을 엄마에게 노출시키지 않아도 될 확률이 커지니까.

내가 바이올린을 그만둔 건 여덟 살 무렵, 연습곡들로 편집된 교재를 끝내고 협주곡을 시작했을 때였다. 옥타브를 따라 현을 짚는 포지션을 바꿔야 했고, 활을 그을 때 힘을 조절해 음색에 생명력을 불어넣는 방법을 익혀야 할 시기이기도 했다. 하지만 의욕이 앞설수록 바이올린은 버거운 존재가 되어갔고, 현을 짚는 손가락과 활의 균형은 불안정해졌다. 그렇다고 엄마에게 야단을 맞거나 하지는 않았다. 엄마는 원래 누구에게나 인내심이 많은 교습 선생님이었고, 그건 나에게도 해당됐다. 엄마를 읽느라 바이올린에 집중할 수 없었던 내가 문제였다.

　엄마를 사로잡으려면 바이올린을 잘하는 길밖에 없는 걸 알아버린 것, 엄마의 껍질 안쪽에 뭐가 웅크리고 있는지를 봐버린 것, 줄리어드 시절을 함께 보낸 동료가 매스컴을 타는 날이면 엄마의 기분이 가라앉는 걸 눈치채버린 것, 모두 다 내게는 독이었다. 집착할수록 빠르게 변심하는 연인처럼, 바이올린은 내 손을 타지 않겠다는 듯 멀어져만 갔다. 결국 그만두겠다고 말하게 되었지만 엄마가 잡아주길 바라는 마음이 남아 있었는데 엄마는 알겠다고만 하고 더는 이야기하지 않았다. 나는 내 재능에 대한 판결을 받은 거나 다름없다고 여겼고, 그 뒤로 바이올린에 손을 대지 않았다. 엄마에게서 간절히 원하던 것을 포기한 것도 그때쯤인 것 같다.

　혼자 외출을 할 수 있는 건 소피아가 청소를 하러 오는 날이기 때문이다. 학부모 면담 주간이라 수업이 일찍 끝난 매들린을 집에 데려다놓고 약속 시간에 맞춰 다시 학교로 가야 했다. 소피아에게 평소보다 한 시간만 더 있어달라고 부탁한 뒤, 거실 소파에 앉아 있는 엄마를 피해 소피아를 세탁실로 데려갔다.

　"아이와 할머니, 둘 다 잘 좀 지켜봐줘요. 엄마 건강이 신통치 않거든요. 무슨 말인지 알죠?"

시간 외 수당으로 현금을 좀 쥐어주자 소피아는 기밀이라도 전해 들은 공모자의 표정과 함께 손가락으로 오케이 사인을 해 보였다.

매들린의 담임과 면담을 하고 나오는 길, 학교 앞에서 레이나를 만났다. 레이나의 아들과 매들린은 유아원 시절부터 쭉 같은 학교를 다녀서 엄마들끼리도 비교적 허물없이 지낸다. 매들린의 활발함에 자기 아들의 기가 눌린다고 여기는 걸 내가 모르지는 않지만. 아무튼 레이나, 지금 뭔가 불만스럽다. 눈알을 굴리며 고개를 설레설레 저어대더니 학교 담장 밖으로 나오자 기다렸다는 듯 쏟아냈다.

"기가 막혀! 작년에도 그랬는데 이번에도 또 임산부 담임이 걸렸지 뭐야! 예정일이 두 달 남았다니까 학기 중간에 출산하게 될 거고, 또 보조 교사가 들어와 남은 학기 가르칠 거 아냐! 화나는데 반 바꿔 달라고 할까 봐."

레이나는 그러고도 남을 거다. 어찌 보면 패트릭과 같은 부류다.

"매들린 담임하고 한 면담은? 듣자 하니 매들린 담임, 학부모들한테 인기가 좋던데 자기네는 어떻게 매번 그렇게 좋은 선생님만 걸려?"

레이나의 질문에 잠시 대답을 고른다. 레이나에게 사실대로 말할 순 없으니까. 패트릭은 점찍어둔 교사의 반에 매들린이 배정받도록 매년 학교에 청원을 넣는다. 물론 그맘때쯤 잡혀 있는 학교발전기금 조성 행사에 기부금을 넉넉히 내놓고 난 다음에.

나는 어깨를 들썩 올렸다 내리고는, 남편 없이 혼자 아들을 키우고 있는 레이나에게 답해도 되는 부분만 답했다.

"운이지 뭐. 그리고 선생님들이 학부모한테 하는 말이란 다 거기서 거기 아냐? 매들린이 동기부여가 강한 아이라고는 하더라. 패트릭 닮았나 봐. 그건 내 기질이 아니거든."

아들이 숫기 없는 게 늘 불만인 레이나는 잠시 떨떠름한 얼굴이 되기는 했지만 금세 표정을 되찾는다.

"하긴. 자기야 순리주의자잖아!"

순리주의. 그런 말도 있나?

학교 앞에서 레이나와 헤어진 뒤 시간을 보니 소피아와 약속한 때까지 아직 여유가 좀 있었다. 몇 블록을 걸어가 트레이더 조에 들러 저녁 식재료를 좀 산 다음 브로드웨이에서 택시를 잡아타고 집으로 왔다.

장 본 것을 받아주던 소피아가 눈짓을 하더니 턱으로 왼쪽을 가리켰다. 매들린의 방 쪽, 바이올린 소리다. 방문 앞으로 걸어가 귀를 기울였다. 이상하다. 모차르트의 〈작은 별〉은 바이올린을 시작한 초보들이 제일 처음 익히게 되는 곡이긴 하다. 하지만 매들린은 아직 제대로 바이올린을 켜본 적이 없었다. 그런데도 괜찮게 소리를 내고 있었다. 방문이 완전히 닫히진 않은 터라 손가락으로 슬그머니 밀어보았다. 매들린이 바이올린을 어깨에 얹고 서 있고 엄마가 그 옆에 있었다.

〈작은 별〉의 두 소절을 켜고 난 매들린이 엄마를 쳐다보자 엄마는 어깨 받침대 밑에 낀 매들린의 머리카락을 쓸어 넘겨주며 자세를 고쳐주었다.

"받침대의 아치가 어깨의 아치와 만나도록. 그래, 그렇게. 우리 소라 잘하네!"

소라? 엄마의 제자 중에 소라라는 이름을 가진 아이가 있나? 매들린은 할머니가 알려주는 대로 자세를 잡아보느라 미간에 힘을 주고 있다. 그러던 중 문 바깥쪽에 서 있는 나를 발견했다.

"엄마!"

일단 격려의 시늉부터. 나는 놀란 표정을 짓는 것과 동시에 방 안으로 들어서서 양 손바닥을 펼쳐 보였다.

"애들이 그러는데 유튜브에서도 바이올린을 배울 수 있다고 그래서."

자랑스레 말하려던 매들린이 어느새 겁먹은 표정을 지었다. 내 허락 없이 유튜브를 보는 건 금지라는 규칙을 상기한 거겠지. 하기야. 유튜브엔 없는 게 없으니. 사실 자세와 기본 음계만 익히면 〈작은 별〉 같은 곡 두어 소절은 30분 내에도 흉내 낼 수 있다.

"아이패드를 앞에 놓고 혼자 익혀서 하고 있더라고. 나는 거의 자세만 잡아줬어."

엄마가 웃으며 매들린 쪽으로 눈을 되돌리고는 머리카락을 또 쓸어주었다. 나는 매들린의 머리카락에 닿는 엄마의 손길을 곁눈질했다.

"조금씩이라도 매일 연습하는 것 잊지 말고. 연습을 못하게 될 경우엔 다른 사람 연주를 듣기라도 해야 한다?"

매들린은 할머니를 향해 활짝 웃으며 고개를 끄덕였다. 상기된 얼굴 위로 웃음이 번졌다.

저녁 메뉴는 포르투갈식 닭고기다. 핀터레스트에서 찾아낸 레시피대로라면 야외용 그릴에 익혀야 하지만 맨해튼에 사는 이상 불맛은 포기해야 한다. 하는 수 없이 오븐에 구웠는데 매들린은 물론 닭을 별로 좋아하지 않는 패트릭도 잘 먹는다. 새로 시도한 요리가 성공적이니 이제 한 달에 평균 두 번은 같은 요리를 하게 될 것이다.

엄마도 모처럼 기분이 좋아 보였다. 자기 몫의 음식을 끝내지도 못했으면서 매들린에게 살을 발라주느라 여념이 없었다. 어릴 적 엄마가 가끔 만나던 한국 엄마들이 자기 아이들에게 해주던 것처럼. 그때나 지금이나 저런 모습이 이질적이

긴 마찬가지다. 적어도 내게는. 그런데 그 이질적인 것을 엄마가 지금 매들린에게 하고 있다. 사실 매들린은 뼈가 붙어 있는 고기를 손에 쥐고 먹는 걸 좋아하지만 할머니의 친절을 차마 거절하지 못하고 있을 뿐인데. 매들린이 내게 보내는 눈빛. 나는 엄마가 하는 양을 잠시 보고 있다가 조심스럽게 말해보았다.

"엄마, 매들린도 이제 여덟 살이야. 알아서 먹게 그냥 두고 엄마나 드세요."

나는 엄마가 발라주던 닭 조각을 매들린의 접시로 옮겼다. 그리고 엄마의 접시에 새로운 고기를 덜어주려고 했다.

"내버려둬!"

엄마의 느닷없는 고성. 깜짝 놀라 동작을 멈추는 나, 패트릭 그리고 매들린. 놀랍게도 엄마는 새파랗게 질린 얼굴로 부들부들 떨고 있었다. 엄마는 어안이 벙벙해진 나에게 서슬 퍼런 태도로 쏘아붙였다.

"소라는 내 딸이야!"

나는 충격을 받은 나머지 한마디 말도 하지 못하고 얼어붙었다. 온몸의 피가 순환을 멈춘 듯 얼굴에서 핏기가 가셨다. 엄마가 이토록 사납게 굴 수 있는 사람이었다니. 엄마는 잔정이야 없어도 늘 이성적이지 않았나. 대체 소라가 누굴까.

잠시 후, 엄마의 표정이 기이하게 변해갔다. 그리고 또 그 이름을 입에 올렸다.

"혜정이 넌…… 여기 오지 말았어야 해! 가라고! 가! 가버려!"

절망과 분노가 뒤섞인 낯빛으로 나를 쏘아보는 눈. 동시에 금방이라도 눈물을 쏟을 것 같은 눈. 엄마와 나를 번갈아 보고 있던 패트릭이 차갑게 시선을 떨구더니 냅킨으로 손을 닦았다. 엄마의 한국말을 알아듣지는 못해도 엄마의 눈을 보면 제정신이 아니라는 건 확실히 알 수 있었을 테니까. 닭다리 하나를 손에 들고 어른들 눈치만 보고 있는 매들린. 앞으로 벌어질 일은 자명하다. 패트릭은 오늘 밤 당장 뉴욕 내 알츠하이머 환자 요양시설에 상담 날짜를 요청하는 이메일을 쓸 것이다. 동시에, 매들린을 엄마와 둘만 놔두는 상황을 만들어선 절대 안 된다고 내게 엄포를 놓겠지.

자정을 넘긴 시각. 패트릭의 코고는 소리가 오늘따라 유독 시끄러워 침실을 나와 주방 창가로 갔다. 허드슨강 수면을 미끄러져 지나가는 선박. 강 건너편 뉴저지의 언덕배기에서 반짝이는 불빛들이 크리스마스 조명처럼 아련했다. 허드슨 파크웨이를 빠르게 지나가는 차들이 밤공기를 찢는 소리.

이모와 했던 대화를 곱씹어보았다. 이모에게 문자를 보내 통화를 요청한 건 엄마가 자리 들어간 뒤였다. 별로 좋아하지도 않는 사람에게 전화를 하는 게 내키지는 않았지만 엄마의 친정 식구들 중 이 나라에 사는 사람은 이모뿐이니까. 한국에 살고 있는 다른 식구들은 영어를 못한다. 별로 만난 적도 없고.

이모는 즉각 전화를 걸어왔다. 가능하면 패트릭이 없는 낮 시간에 통화하기를 바랐지만 엄마에 관해서는 이모도 긴장을 하고 있었는지 바로 전화를 한 거였다. 할 수 없이 욕실로 가서 전화를 받았다. 이모에게 엄마의 증세를 설명하고 엄마가 말한 것에 대해 물으니 이모는 얼떨떨해했다.

"소라라고 했다고?"

이모는 대답할 말이 없다고 했다. 소라. 혜정. 둘 다 알지 못하는 이름이라고. 그러면 대체 엄마는 지금, 어떤 세상 속에서 혼자 헤매고 다니는 걸까.

패트릭은 모든 일을 일사천리로 진행했다. 엄마는 패트릭이 예약한 날짜에 상담을 받았고, 요양시설로 들어갈 날짜까지 받게 되었다. 샌디에이고에서 받은 진단서가 있었으므로 절차는 복잡하지 않았다. 그렇게까지 서두를 필요가 있나 싶었지만 패트릭은 엄마로 인해 매들린이 큰 위험을 겪기라도 할 것처럼 엄마를 격리하는 일에 속도를 내고 있었다. 돈으로 하지 못하는 일이 거의 없는 이 도시에서 패트릭은 늘

승자다.

엄마로 하여금 상담을 받게 하고, 요양시설로 들어가야 한다는 걸 납득하게 하는 건 매우 껄끄러운 일이었지만 의외로 엄마는 별 저항이 없었다. 엄마다운 거라고 해야 맞을까. 제정신일 때 엄마는 이성적인 사람이니까. 아무리 안 내키더라도 이제 혼자 힘으로는 살 수 없다는 걸 스스로 잘 아는 것이다.

"보호자와 함께라면 언제든 외출할 수 있다고 하니까. 엄마……."

엄마는 요양시설로 들어갈 준비를 하면서 옷을 세탁해서 개는 중이었다. 조심스레 말하니 엄마는 미약하게나마 웃어 보이기까지 했다. 엄마 손에 들린 양말 한 짝. 빨래 더미에서 나머지 한 짝을 찾지 못한 거였다. 저기 저렇게 빤히 보이는데도 엄마는 자기가 뭘 찾고 있는지 의식을 하지 못하고 계속 뒤적거리기만 했다.

"세상 편하지 뭘. 밥도 다 해서 준다며."

환자의 증상 단계에 따라 요양시설 내 제약도 조정되는 거라고 일러주려다가 그만두기로 했다. 이 시점에서 필요 이상으로 정보를 주면 엄마가 스스로를 더 환자로 여기게 될 것 같았다. 옷을 정리해 넣느라 엄마가 쓰는 장을 열자 옷장 바닥에 놓인 바이올린 케이스가 보였다.

"바이올리니스트세요?"

요양시설의 상담원은 엄마의 직업에 대해 반가움을 표시하며 시설 내에서 환자들을 대상으로 교습을 하는 것도 바람직한 일이겠다는 제안을 했다. 그런데 그 말을 들은 엄마의 표정이 좋지 않아 얘기는 더 진행되지 않았다. '바이올린'이라는 어휘 자체가 이 시점의 엄마에게는 칼인 거다. 뇌가 쪼그라들어가는 예술가. 엄마의 증상이 이 도시에서 빠르게 악화되고 있는 건 바로 그 때문인지도 모른다. 엄마의 꿈이 동면하고 있는 도시니까.

엄마가 요양시설에 입소하기 사흘 전. 이모가 온 건 계획에 없던 일이었다. 공항으로 모시러 나가겠다고 하자 이모는 택시를 탈 테니 신경 쓰지 말라며, 대신 맨해튼에 도착해 숙소 체크인을 하고 나면 둘이서 좀 만나자고 했다. 호텔 방을 잡아놓은 걸 보면 우리 집에 묵는 건 영 불편한 듯했다. 패트릭이 신경 쓰이기 때문이겠지. 이모의 계획은 사흘 중 하룻밤을 골라 엄마와 호텔에서 같이 자고, 엄마가 요양시설로 들어가는 날 시애틀로 돌아가는 거였다.

호텔 로비에서 만난 이모는 어느새 커트로 머리 모양이 바뀌어 있었다. 그 쌩쌩하던 이모도 이제 나이가 보였다. 이모 말로는 사람을 많이 만나니 지쳐서 빨리 늙는 것 같단다. 이모는 잘나가는 부동산 중개업자다. 아무튼 이모는 여전히 멋

졌고, 과하지 않은 장신구에 소재가 좋은 옷차림으로 감각적인 비즈니스 룩을 연출하는 솜씨도 여전했다. 이모는 그새 안경을 쓰게 되었는데 그 안경테 역시 비율이 높아진 새치와 잘 어울리는 유니크한 디자인이었다.

"저녁 드셔야죠."

"가까운 데서 간단한 걸로 하자. 얼른 먹고 얘기를 좀 해야 할 것 같아서."

"먹으면서 하면 되죠."

내 말에 이모는 아무 말도 하지 않고 호텔 건너편 그리스 음식점을 가리켰다.

"저기 어때?"

이모와 헤어지고 나서, 65번가를 따라 센트럴 파크 서쪽 길까지 왔다. 그 길을 타고 다시 남쪽을 향해 내리 걸었다. 콜럼버스 서클. 중앙의 모뉴먼트에 눈을 박고 멈췄다. 원형의 길을 따라 돌아 나가는 차들의 물결. 빛의 소용돌이. 모퉁이의 센트럴 파크 입구 쪽 휴지통을 홈리스가 뒤적이고 있다. 뭔가 찾았는지 집어 들고 반가운 기색으로 펼쳤는데 맥도날드 포장지였다. 버거 포장 안에는 빵 한 조각 남아 있지 않았다. 그는 포장을 내팽개치고 다시 휴지통 안으로 팔을 뻗었다. 바닥까지 손이 닿을 정도로.

미뉴에트

신호가 바뀐다.

"아기 이름이야."

발을 내딛는다. 59가를 타고 8번 애비뉴로. 구급차 하나가 요란히 사이렌을 울리며 애비뉴를 가로지른다.

"아이를 가지면 사산될 수밖에 없는 성분이 있다고 했어. 혈액 속에. 유일한 방법은 임신 기간 동안 매일 주사를 맞는 거였지. 자기 손으로 직접. 배 전체가 주삿바늘 자국이었어. 얼마나 딱하던지. 유산을 세 번이나 했었거든."

8번 애비뉴를 따라 남쪽으로, 남쪽으로. 디자인 박물관을 지나, 만두 가게를 지나, 체이스 은행 앞에서 다시 신호에 걸려 멈추고 심호흡을 했다.

"7개월을 넘기고 나서 이름을 붙였어. 소라. 초음파 사진에 찍힌 모습이 꼭 소라 껍데기 같았거든. 태명이지, 그러니까."

55번가 모퉁이 샌드위치 가게 유리 벽. 노부인 둘이 유리 안쪽에서 샐러드와 수프를 앞에 놓고 거리를 향해 나란히 앉아 대화를 하고 있었다. 빨간 헤어밴드를 한 금색 단발머리 할머니와 곱슬거리는 쇼트커트 머리를 한 할머니. 나는 쇼트커트 할머니와 눈이 마주치는 순간 고개를 돌려버렸다. 상행 일방 도로. 맞은편에서 거슬러 올라오는 차들의 불빛이 눈을 찔렀다.

"보지도 못했던 아기들을 잃었을 때야 상심이 크긴 해도 결국 털고 일어섰는데, 소라를 보내고 나서는 한참을……. 사흘 동안 붙인 정이 그렇게나 컸던 건지."

51번가. 요란한 분장을 한 남자가 행인들에게 전단지를 내보이고 있었다. 근처의 극단에서 나온 배우와 시골에서 관광을 온 것으로 보이는 행색의 몸집 큰 커플. Gap이라고 커다랗게 적힌 후드 상의를 입은 여자 쪽이 전단지를 받아들었다.

"혜정 언니, 언니랑 친구였지. 철없을 때 책임감 없는 남자를 만나 아기를 가졌는데, 부모가, 그러니까 너한테는 친할머니 친할아버지가 몰래 낳게 한 뒤 혜정 언니는 다른 데로 시집보냈어. 그 양반들이 세 살 때까지 널 키우면서 주변 사람들한테는 미국에 살고 있는 아들의 아이를 잠시 키워주고 있는 거라고 둘러댔다나 봐. 지금도 그렇지만, 더구나 그 시대에는 한국에서 미혼모로 산다는 건 상상도 못할 만큼 어려운 일이었으니까."

테이크아웃 음식을 들고 가게를 나서는 사람들. 근처에 피자집이 있는지 거리까지 풍겨 나오는 소스 냄새가 오늘 따라 유독 역했다. 나는 입맛이 유난해서 어릴 때에도 피자를 좋아하지 않았다.

"널 데려다 키우면서 시집 식구들하고는 인연을 끊어버렸어."

미뉴에트

어릴 적 나를 안아 빙빙 돌려주던 아빠. 그걸 보며 중얼거렸던 이모의 말이 머릿속에서 왕왕거렸다.

"누가 자기 핏줄 아니랄까봐."

가슴이 옥죄는 듯했다. 주변을 둘러보았다.

'약국. 약국이 어디 있더라.'

"며칠 전 네 전화 받고 곰곰이 생각을 해봤어. 너도 네 인생에 대해 알 권리가 있잖니. 지금 상태로는 네 엄마하고 이런 이야기를 나누긴 어려울 거고."

48번가. 아무래도 집 방향으로 가야 할 것 같았다. 횡단보도로 발을 내딛으려는 순간, 갑자기 시야가 빙그르르 돌더니 뭔가가 울컥 역류해 쏟아져 나왔다. 뜨겁고 시큼한.

"아악!"

내가 게워내는 토사물 줄기를 간신히 피한 행인이 비명을 질렀다. 그는 화들짝 보폭을 넓혀서 내 토사물이 자기 다리에 묻히는 걸 피하는 데 성공했다. 방금 전까지 나와 앞서거니 뒤서거니 같은 방향으로 걷고 있던 남자였다. 나 때문에 끊겼던 맨해튼 한 부분의 흐름이 서서히 다시 물결을 탔다. 점처럼 멈춰 있는 나만 빼고. 신호등 기둥을 붙잡은 채 게슴츠레 눈을 뜨고 차도 건너편을 넘어다보았다. 프랜차이즈 약국 간판이 희부옇게 빛나고 있었다. Rite Aid.

이모가 집으로 와 엄마를 데리고 나갔다. 예정대로 이모의 숙소에서 하룻밤을 같이 보내고 돌아올 계획인 것이다. 엄마는 내일 모레 요양시설에 들어가기로 되어 있다. 나는 이모와 엄마를 배웅하고는 한나절을 소파에 누운 채 꼼짝하지 않았다. 두 벽면의 창으로 낮달이 잠시 고개를 내밀었다가 이내 사라졌다. 거리에서 토한 이후 간헐적으로 물만 마시고 있는데도 배고프지 않았다.

아빠 쪽 식구들하고 어째서 교류가 전혀 없는지 물은 적이 있었다. 열 살 때쯤 추수감사절 식사 자리에서였다. 일가친척이 모여 시끌벅적한 분위기 속에서 명절을 보내는 친구들이 부러워서 그랬을 거다. 그러나 그 질문 이후 감돌았던 정적을 겪고는 더는 그 얘기를 꺼낸 적이 없다. 완벽한 부모를 두었음에도 어딘가에 구멍이 뚫린 채 자란 건 당연한 거였다. 나는 소라가 아니다.

매들린을 데리러 가야 해서 가까스로 몸을 추스르고 집을 나섰다. 브로드웨이를 따라 내려가 터커스퀘어 근처까지 가자 학생들이 눈에 띄게 많이 보였다. 줄리어드 스쿨 일대. 깡마르고 아름다운 발레리나 무리가 행인들의 시선을 끌며 유유히 지나갔다. 키오스크 앞에는 바이올린을 맨 아시아계 여학생 둘. 저 중에 슈퍼스타가 나온다면 어느 쪽일까. 왠지 모르게 남색 코트를 입은 쪽이 가능성 있어 보인다. 그런 기운은 대개 밖으로 뻗쳐 나오기 마련이라 인상에서 드러나는 경우가 많다. 그렇다면 다른 하나는 엄마처럼 되어버리는 걸까. 꿈의 철창 속에 갇힌 인형처럼.

이모는 엄마를 데려다놓고 호텔로 돌아갔다. 다음 날 아침 비행기로 돌아간다고 했다. 엄마가 요양시설에 들어가는 걸 보는 게 괴로워 일부러 그러는 것 같았지만 묻지 않았다. 내게도 다행이다. 지금은 엄마보다 이모를 대하는 게 더 버겁다. 언젠가는 괜찮아질지도 모르지만 현재로서는 이모가 편치 않다. 원망의 화살은 상자를 열어 보인 사람에게로 가서 꽂히기 쉽다. 애석하게도.

소리. 다시 또 바이올린 소리다. 잠에서 깨어난 건 소리 때문이었다. 깜빡 잠이 들었던 모양이었다. 어젯밤 잠을 설쳤고, 바이어와 만나느라 패트릭이 늦게 온다고 해서 나도 모르게 긴장이 풀려 있었나 보다. 내려놓은 블라인드 사이로 저무는 해가 비집고 들어와 있다. 침대 위, 빗살 같은 음영의 무늬가 드리워졌다.

다시 소리가 들려왔다. 바흐의 미뉴에트다. 레슨은 아직 시작도 안 했는데 유튜브로 배워서 벌써 저걸 연주하다니. 초보의 음정이라 불안하긴 했지만 꽤 훌륭했다. 나와는 달리 매들린은 바이올린에 재능이 있는 걸까.

음악이 멈추는가 싶더니 두런두런 말소리가 들려왔다. 엄마의 목소리. 불현듯 패트릭의 차가운 얼굴이 떠올랐다. 나는 이불을 박차고 방을 나왔다. 그러나 매들린의 방까지는 조심조심 다가갔다. 엄마도 매들린도 놀라게 해선 곤란하니까. 엄마의 발작, 다시는 보고 싶지 않았다. 하지만 매들린의 방은 비어 있었다. 다시 들려오는 소리.

복도 끝, 엄마가 쓰는 방이었다.

안쪽에서 흘러나오는 간결한 선율은 어린 아이의 것이었다. 이어 원숙한 반주가 더해져 소리가 합쳐졌다. 보지 않아도 알 수 있었다. 매들린과 엄마가 각자 자신의 바이올린을 어깨에 얹은 채 나란히 앉아 있다는 것을. 나는 두 사람의 연주를 문 앞에 선 채로 들었다. 합주가 끝나자 정적이 흘렀다. 두 사람이 어떤 표정을 짓고 있는지 보이는 듯했다.

매들린의 목소리가 정적을 깼다.

"나, 유튜브에서 사라 장이 연주하는 걸 봤어."

"그랬어?"

"할머니, 나, 그런 바이올리니스트, 되고 싶어. 그럴 수 있을까?"

다시 또 정적. 나는 문 가까이 귀를 바짝 가져다 댔다. 잠시 후, 소리가 새어 나왔다. 내가 알고 있는 소리다. 토닥토닥. 누군가를 꼭 끌어안고 등을 두들겨야 나는 소리. 아스라한 기억으로 남아 있으나 언젠가부터, 그러니까 내가 엄마에게 받길 원하는 걸 포기하고 난 후부터 더는 갈망하지 않게 된 바로 그 소리. 엄마와 거리를 만들자고 수만 번을 나짐하면서 스스로 상처 입고 있었던 아이의 깊은 우물 속에서 긴 시간 공명하던 소리.

"당연하지!"

엄마의 말소리 후 그 소리가 계속 이어지고 있었다.

"그럴 수 있고말고. 마이 베이비, 우리 소라……."

마이 베이비. 우리 소라. 마이 베이비. 우리 소라.

마이 베이비. 베이비. 마이 베이비…….

말이 메아리치는 복도. 어느새 소라라는 이름은 날아가고 심장을 베는 그 말만 남아 유영을 했다. 마이 베이비. 마이 베이비. 어둑해진 복도. 방문 앞에 기대어 서서 통곡을 삼키느라 눈이 빨개진 여자의 들썩이는 어깨 위에서.

신명희

대학에서 불문학과 영어교육학을 전공하고, 대학원에서 불문학을 전공한 후 현재 영어 영상번역가로 활동하고 있다. 경기도 양평에서 전문 번역가로 살아가기 위해 고군분투 중이다. 《소설 뉴욕》에서 영어로 쓰인 〈32번가에서〉를 한국어로 옮겼다.